El rescate del alfa

Renee Rose

Lee Savino

Traducido por
Vanesa Venditi

Midnight
ROMANCE

 Creado con Vellum

Libro Gratis - La virgin y el vampiro

Quiere un libro gratis de Renee Rose y Lee Savino? Suscríbete a su newsletter para recibir **La virgin y el vampiro** y otro contenido especialmente bonificado y noticias de nuevos. https://BookHip.com/XJPQQXK

Libro Gratis de Renee Rose

Quiere un libro gratis de Renee Rose? Suscríbete a mi newsletter para recibir **Padre de la mafia** y otro contenido especialmente bonificado y noticias de nuevos. https://BookHip.com/NCVKLK

Capítulo Uno

eddy
El sol calienta mi lado de la Montaña Osos Malvados para cuando salgo hacia el sendero para correr por la mañana. Algo en el viento me lleva hacia la cumbre.

Suelo dirigirme hacia la ciudad o la cabaña familiar, pero es más tarde de lo habitual y no quiero que me acosen mis vecinos o alguno de mis hermanos. La ciudad Osos Malvados tiene una población de sólo doscientos habitantes esparcidos por la montaña, pero algunos días se siente como una pecera y últimamente todos han estado haciendo su camino hacia mi puerta.

Si voy por aquí, puedo evitar ver a alguien y tener algo de paz. Eso es lo que me digo a mí mismo de todos modos, pero la decisión se siente menos como un razonamiento y más como un instinto. Mi oso me está guiando.

Quizás ya haya frutos en la cima.

Necesito correr fuerte y luego quizás volar un largo rato para despejar la mente. ¿Hace cuánto tiempo no soy mi ave? El negocio de los taxis helicópteros ha estado más lento de lo común, pero ese es otro asunto en el que no quiero pensar. Podría contactar a la manada de lobos Black en Taos para conseguir empleo, pero sigo posponiéndolo.

Quizás mis hermanos tengan razón y me esté volviendo un ermitaño. Pero mi lobo ha estado enervado, más gruñón de lo habitual desde nuestra última misión. Me tomé un descanso, hasta dejé de hacer vuelos a Taos o de visitar a mis amigos lobos de la manada. Me dije a mí mismo que les estaba dando espacio, pero la verdad es que verlos felices con sus parejas me hace sentir muchas cosas de mierda.

Sin importar lo fuerte que corra, no puedo ir más rápido que el pasado.

El día está lindo, con un cielo azul despejado, pero una correntada me dije que llegará una tormenta esta tarde. Ha sido una primavera húmeda y hay más flores de lo normal. Pero el rosa que aparece frente a mí en el sendero no es una flor nativa que florece silvestre.

Allí. Mi oso quiere que vaya hacia adelante. Pero en vez de eso, dejo de correr y me pongo en modo sigiloso, yendo hacia un manojo de pinos que pueden ocultar mi cuerpo.

El color rosa le pertenece a una humana de aroma floral. Su piel oscura se equilibra con el rosa brillante. Hasta su botella de agua es del mismo color extravagante. ¿Quién hace senderismo vestida así?

El viento cambia y vuelvo a sentir su aroma. Flores y miel, y algo más. La mayoría de las mujeres humanas huelen recargadas con esencias artificiales de lociones corporales. Pero esta humana huele limpio como la lluvia, como creosota.

La sigo un par de pasos antes de darme cuenta de lo que estoy haciendo. Suelo mantenerme alejado de los humanos, sobre todo de las mujeres. Traen problemas, y les prohibiría la entrada a la montaña si pudiera. Pero no puedo. A nuestra pequeña ciudad le encantan los turistas y sin importar cuánto proteste, el alcalde sigue inventando formas de atraer a más de ellos a este lugar.

Por supuesto, si más turistas lucieran como ella, no me molestaría. Después de un par de minutos de seguirla, estoy lo suficientemente cerca como para tener una buena vista de ella cuando se detiene a beber algo de agua. Con su mano libre mueve sus largas trenzas, negras con puntas rosa neón, detrás de su hombro y luego pone su puño sobre su cabeza bien redondeada. El movimiento hace que sus senos se sacudan. Hay algo de escote glorioso metido dentro de ese atuendo ofensivo que derrite mis ojos. No suelo tener nada en contra del color rosa, pero este tono es brillante y deslumbrante, tan sutil como un picahielo en el ojo.

No puedo dejar de mirar.

Ella avanza por el sendero, con la cabeza en alto, las trenzas sacudiéndose sobre su espalda en movimiento.

La sigo en silencio, manteniendo distancia. Estoy descalzo, con vaqueros viejos que tienen más agujeros que denim en ellos y una camisa tan deshilachada que es casi transparente. Mi barba ya está llegando a proporciones bíblica. Pero es suave.

Me doy cuenta de que me estoy frotando el rostro y dejo caer la mano. ¿Por qué me importa cómo me veo? No es que vayamos a tener una cita. No tengo citas. Ya no.

Incluso si saliera, no volvería a salir con una humana. Creé esa regla cuando tenía dieciocho y no la he roto ni una vez desde entonces. Ni siquiera he estado tentado a romperla.

¿Entonces por qué el aroma de esta pequeña humana me afecta tanto?

Más arriba, un ave aterriza sobre una rama y canta. Luego me ve y se calla.

La pequeña humana gira.

—¿Bentley? ¿Eres tú?

Me quedo helado, pero como todo hombre-oso, he estado cazando y rastreando desde que pude caminar. Lo que no vino naturalmente, lo aprendí con mi unidad de fuerzas especiales. Hay un pequeño valle de pinos, tres arbustos de laurel y una piedra de distancia entre ella y yo. La distancia y el sol que pasa entre sombras me camuflan y estoy a sotavento. No es que ella pueda olfatearme. Los humanos nunca pueden.

—Bentley, —vuelve a llamar—. Sé que estás ahí. No eres gracioso.

Desde el sendero superior, otro humano sale corriendo del arbusto. Un humano hombre, pálido y de olor amargo.

—Estoy justo aquí. Dios, Lana, —dice él—. Tuve que ir al baño.

Qué idiota. Odio la forma en la que le habla.

—Ah, —su voz se suaviza. Sólo avisa la próxima. Pensé que eras un oso.

—Ya quisiera, —murmura el tipo y tengo que acallar un gruñido.

—Lo escuché, —responde ella, con más cariño del que merece su compañero maleducado. Si fuera ella, le arrancaría la cabeza.

Quizás lo haga.

Los dos continúan con esfuerzo subiendo la montaña, quejándose como una pareja en una comedia. Los sigo, escuchando con atención. No sé por qué no continúo con lo mío simplemente. Son dos senderistas. No hay nada especial. Pero mi oso no quiere que los pierda de vista.

—A mamá y a papá les hubiera encantado esto, —dice ella. Su voz es suave y melodiosa como la de una paloma, mientras que su compañero suena como una sierra circular.

Entonces Lana y Bentley no son pareja: son hermanos. Hermanastros.

Él está quejándose sobre su carne seca costosa y arroja el envoltorio amarillo a un costado del sendero cuando termina su bocadillo. La mujer lo reta.

—No. De ninguna forma. No contaminamos.

Él murmura algo pero lo levanta y lo empuja dentro de su mochila. Luego está por tirar media barra de granola y ella vuelve a retarlo.

—No se supone que dejemos comida humana, Bentley. ¿Recuerdas? No alimentamos a los osos.

—Sí, sí... —Mueve una mano como si estuviera espantando una mosca.

La decepción aparece en el rostro de la mujer y me encuentro a mí mismo un par de pasos más cerca de los senderistas de lo que debería, a medio segundo de presentar mi puño contra la cara del idiota.

Ella saca una cantimplora rosa brillante.

—¿Quieres algo de agua?

—No.

¿Unos frutos secos? Los mezclé yo misma. Saca una bolsa llena de lo que parecen ser trozos de almendras y M&Ms.

—Sólo lo bueno. —Toma un puñado y se lo lleva a la boca para masticarlo—. Mmmm, tan bueno. Vamos, hermano, prueba.

—Sólo terminemos con esto. ¿Qué tan lejos hay que ir? —Él apoya la bota sobre una piedra y se ata los cordones, mirando mal a las flores blancas que florecen a sus pies como si fueran una pila de mierda de perro.

—Hasta la cima.

—No lo sabrán si simplemente tiramos sus cenizas aquí

5

a un costado. —Él hace un gesto hacia un acantilado cercano.

Ella se pone las manos en las caderas.

—Se supone que los estemos recordando. Esta es una caminata funeraria. Sólo tú y yo. —Ella mueve su mochila rosa y negra hacia abajo y saca una urna elegante. La hoja dorada pintada con remolinos por el costado brilla en el sol de primavera. Ella la levanta—. Mira, sé que esto es difícil...

El hermano se cruza de brazos con una expresión de aburrimiento. Luce como si estuviera esperando su pedido de café, no lamentando la muerte de sus padres.

—...pero es lo que ellos querían, —continúa—. Les importó lo suficiente como para estipular esta caminata funeraria en su testamento. —Ella presiona la urna contra su pecho—. Querían que ambos estuviéramos aquí, creando recuerdos.

La boca del tipo se mueve como si hubiera visto algo desagradable.

—La única razón por la que estoy haciendo esto es porque es un requisito del testamento. Ni bien terminemos, heredarás tu mitad del dinero y yo la mía. Luego nunca tendremos que volver a hablarnos.

—Mira, Bentley. Sé que no nos llevábamos bien de chicos. —Ella hace una risa forzada—. Sé que tú les arrancabas la cabeza a mis Barbies y las metías en palillos de *shish kebab* cuando tenía seis. Te he perdonado, por cierto. —Ella espera que responda, pero él sigue caminando.

Y todavía lamente haberles contado a mamá y a Roger que eras el que había rellenado mi osito preferido de cohetes e incendiado mi cama. No sabía que nos mandarían a ambos de pupilos por el resto de nuestra educación.

Bentley actúa como si no la oyera.

—Me encantaría tener una relación contigo ahora que

somos adultos. Pensé que podríamos usar la caminata para reconectarnos.

—Piénsalo otra vez.

Qué imbécil. Pero no sé por qué me importa. ¿Por qué estoy escuchando esta conversación triste pero irrelevante? Debería alejarme, pero mis pies no quieren poner distancia entre la mujer y yo.

Lo que es una locura. Ella es humana. Está fuera de límites.

No es mía.

Mi oso parece no estar de acuerdo.

Y por eso me quedo justo donde no pueden verme como un acosador, sintiendo su aroma.

No. Rechino los dientes y me obligo a alejarme. Entre antes ponga distancia entre la mujer de aroma dulce y yo, mejor. Nada bueno puede salir de acercarse a una humana tentadora.

Eso lo aprendí a la fuerza.

* * *

Lana

No puedo deshacerme de la sensación de que alguien está mirando.

Después de voltearme e inspeccionar el bosque por enésima vez, le pregunto a Bentley,

—¿Escuchaste eso?

—¿Qué?

—Hay algo en el bosque. Pensé haber visto... —me detengo para cubrir mis ojos. Mi memoria me dice que había una sombra deslizándose entre los árboles hace un segundo, pero ahora no hay nada allí—. Quizás sólo fue un pájaro.

—Quizás es un oso malvado que saldrá del bosque para comerte.

Frunzo la nariz.

—Suena a que eso quieres que pase.

—Quizás así sea.

Niego con la cabeza. Me rindo; no puedo sanar la relación entre Bentley y yo. Es lo que nuestros padres querían; creo que por eso pensaron en este pequeño ritual funerario para nosotros, e hice lo que pude por conectarme con él, pero es un idiota. Tengo estándares.

Sigo caminando e intento quitarme la sensación que tengo en la nuca.

Bentley me alcanza y hace una cara como si hubiera olido calcetines de lana empapados de sudor.

—¿Y qué carajos tienes puesto? —me pregunta como si me hubiera estado criticando en voz alta todo el tiempo.

—Me alegra que lo preguntaras. —Hago una pose—. Esta es la nueva línea de senderismo de DiosaIndumentaria.

Bentley resopla y pasa a mi lado mientras vuelve a ponerle la tapa a su botella de agua. Ni siquiera aprecia el corte de tela de calidad que acentúa mis curvas. Soy una reina petisa y hermosamente curva y mi nuevo atuendo es deportivo y sensual a la vez.

—Nadie hace ropa linda de senderismo en talles de Diosa —le digo a Bentley—. Así que me propuse hacer algo al respecto. —No puedo disimular el inmenso orgullo en mi voz.

—¿Tenía que ser de ese color?

—¿Qué tiene de malo el rosa? Es mi color preferido.

Bentley me mira hacia arriba y abajo y resopla.

—Es tan brillante que podrán verte desde Santa Fe. ¿Brilla en la oscuridad?

—Sí, —digo triunfante—. En caso de perderme o caer

por un barranco. Es más sencillo que los rescatistas me encuentren.

Él sigue avanzando y gruñendo por lo bajo.

—Los accidentes suceden, —trino y me apuro para alcanzarlo.

—Claro que sí.

No sé por qué suena a que Bentley se está regodeando. Él se aprieta la nariz.

—¿Por qué querría mi padre que lo arrojaran en una montaña de todos modos?

Me muerdo el labio antes de arrancarle la cabeza por referirse a esparcir las cenizas de nuestros padres como *que lo tiren por la montaña.*

Estoy hecha de rayos de sol. Eso es lo que solía decirme mi madre, en todo caso. Es probable que haya aprendido una forma de lidiar con un hermanastro que me odiaba y de que me criaran niñeras y unos padres ricos muy poco involucrados.

Mi mamá y padrastro, Roger, no estuvieron muy presentes como padres. Después de la escuela pupila, me mudé de la ciudad.

Freno para frotarme el pecho, pero es un gesto automático, no uno necesario. Los nudos fuertes debajo de mi caja torácica ceden. Amaba a mis padres, pero la sorpresa y el horror del choque de su vuelo privado que les arrebató la vida se ha ido. Estoy cansada y un poco vacía, y estoy lista para dar este paso en el proceso de duelo. La urna con sus cenizas ha estado en la repisa de mi casa de Hollywood Hills por un año y medio.

—Tenían recuerdos especiales de visitar este lugar, —respondo—. Fue su tercera parada en su luna de miel. Después de Park City y antes de Taos.

—Seguro fue idea de tu madre. Por qué alguien querría

voluntariamente venir a esta montaña de mierda, no lo comprendo.

—¿De qué hablas? Esta montaña es perfecta. Es como una postal. Todo en ella es tan pintoresco.

—¿Pintoresco? ¿Qué carajos es pintoresco acerca de este lugar? —Él frunce la nariz como si oliera mierda de perro.

—Todo, —me apresuro a defenderla—. Las montañas rosas, la pequeña ciudad. Hasta el nombre es lindo.

—¿Quién llama a una montaña, *Montaña Osos Malvados*?

—La gente que vive aquí, evidentemente. Quizás haya un problema con los osos.

Ups, eso hubiera sido conveniente saberlo antes de ir a una caminata larga en la naturaleza. Intento buscar más información en internet acerca de la Montaña Osos Malvados y cómo la nombraron, pero la página web no carga.

Llegamos a la cima cerca del mediodía. No tengo que revisar mi teléfono para saber la hora; me doy cuenta porque el sol está directamente encima nuestro. Prácticamente soy una boy scout.

—Bueno. —Dejo los palos y la mochila. Todo lo que he estado llevando se ha vuelto más pesado en los últimos treinta minutos—. Llegó el momento. ¿Quieres hacer los honores o lo hago yo?

Bentley hace un gesto impaciente.

—Acaba con esto.

—No es exactamente el respeto que merecen mamá y Roger pero bueno —saco la urna y me dirijo a las rocas y al acantilado que se asoma justo por encima de la vista panorámica.

Mientras Bentley espera atrás, con los brazos cruzados encima de su pecho, me asomo por la larga cornisa y planto un pie detrás del otro con cuidado. Al final del tablón rocoso, sostengo la urna cerca de mí y me asomo por el borde. La larga caída me hace marearme. A esta altura, expuesta, el viento mueve mis trenzas y golpea mi rostro.

—¿Qué esperas? —Grita Bentley.

—Espero a que el viento sople en la dirección correcta, —le respondo—. No quiero tragarme un bocado de mamá y Roger.

Él gruñe y cede ante mi lógica.

Me paro en el borde del mundo y me sostengo de la urna. Ahora que estoy aquí, sudando en el sol fuerte, desearía haber hecho más para que este momento fuera especial. Debería haber preparado un discurso.

—¿Debería decir unas palabras?

—Lana, por el amor de Dios, —me grita.

Bien. Abro la urna.

—Adiós mamá, Roger, —susurro hacia el viento y dejo que caigan las cenizas. Pienso acerca de todos los buenos momentos que tuvimos, las vacaciones de receso invernal y mi graduación de la escuela pupila. Nuestros padres viajaban mucho y tenían su propia vida, pero los momentos que compartimos fueron especiales. Y realmente no nos faltó nada. Cuando necesité fondos para comenzar mi empresa...

—¿Te quedarás allá arriba todo el día?

—Estoy despidiéndome, —le respondo por encima del hombro—. Eran nuestros padres.

—No. Era *tu* mamá y *mi* papá. No somos una familia. Nunca lo fuimos. Y ahora se terminó. —Su voz se vuelve un poco siniestra.

Aprieto los labios. Podría preguntarle por qué tiene que ser tan maleducado, pero siempre ha sido así conmigo. ¿Lo habría matado ser bueno conmigo, su hermanastra pequeña? Siempre quise un hermano. Con la bondad más mínima, lo hubiera adorado.

Cuando volteo, Bentley está esperando debajo de la cornisa. Hay una felicidad fea en su rostro y algo brilla en su mano y refleja la luz del sol.

Un cuchillo.

—¿Bentley? —Me quedo mirando fijo el arma—. ¿Qué estás haciendo?

—Eres tan estúpida, —me escupe—. ¿Piensas que subiré todo el camino aquí arriba y me perderé esta oportunidad? Pensarán que moriste en un accidente. Y yo me lamentaré por ti. Al diablo, puedo ponerte en esa urna. —Mueve su mentón hacia la urna ahora vacía y yo me la llevo al pecho como si pudiera protegerme.

—¿De qué hablas?

—¿Tengo que explicarte todo?

—En serio, Bentley, ¿qué carajos? Baja eso. Alguien podría salir herido.

—Esa es la idea. —La frente de Bentley está roja y brillante. Está sudando muchísimo y el cuchillo en su mano debe estar resbaladizo.

Doy un paso atrás.

—Sí, eso es, —hace un movimiento con el cuchillo—. Ve hacia atrás.

Un par de piedritas caen debajo de mi pie y rebotan por el borde para desaparecer de mi vista.

—Pero... me caeré por la cornisa.

—Exacto. —Su sonrisa es malvada.

—Esto es ridículo. —Me llevo las manos a la cadera—. ¿Por qué querrías matarme? ¿Es por dinero? ¿Por la herencia? Ambos tendremos partes iguales del patrimonio. El testamento divide los bienes por la mitad. Las casas, las inversiones...

—¡Todo debería ser mío! —La saliva sale disparada de la boca de Bentley—. ¡Era la fortuna de mi padre! —El sudor cae por sus cejas finas y se derrama sobre sus ojos. Va a limpiarse la frente con la mano que está sosteniendo el cuchillo.

—Uuh, cuidado. —Mi mano sale volando para advertirle que no se corte su propia cabeza—. No sostengas el cuchillo así. Te cortarás.

Bentley lo baja y se limpia la frente con la mano libre.

¿Le estoy explicando cómo sostener bien el cuchillo con el que intenta asesinarme? Debería estar intentando escapar.

Me muevo hacia el costado de una piedra grande que sobresale, pero mis opciones son limitadas. El borde del acantilado es empinad y si piso mal, me caeré. En el mejor de los casos, me caeré un par de metros hacia las piedras que están debajo. En el peor...

—Sólo un poco más. —Bentley se sube a la cornisa hacia mí.

Miro hacia atrás a la caída de ciento cincuenta metros, o más.

—No. —Planto los pies—. No me harás caerme por el barranco. Tendrás que acuchillarme.

—Entonces lo haré. —Da otro paso hacia adelante y, aunque no quiero hacerlo, me muevo un centímetro hacia atrás.

—¿Entonces cuál es el plan? ¿Sólo me acuchillarás? ¿Cómo harás que parezca un accidente?

—Te empujaré por el barranco. Quizás sólo abandone tu cuerpo y nadie te encontrará jamás. —Suena seguro.

—¿Y si no estoy muerta? —Cruzo los brazos sobre mi pecho y luego vuelvo a pensar la posición y los estiro para equilibrarme, mirando frecuentemente y mareada hacia la caída de ciento cincuenta metros—. ¿Y si sólo me quiebro todos los brazos y piernas?

—Ah, morirás, —dice—. Me aseguraré de ello.

—¿Bajarás para golpearme la cabeza?

No sé qué es más ofensivo. Que esté intentando asesinarme o que lo esté haciendo mal. El rostro de Bentley se pone más rojo cada segundo.

—Así eres, —dice entre dientes—. ¿Por qué tienes que ser tan complicada?

—Eso no es justo, —le respondo—. No he sido más que complaciente.

—No cederé la mitad de mi herencia. Era el dinero de mi padre en un principio. Tú y tu mamá sólo le agujereaban los bolsillos. Además, nuestros padres sabían que eras la estúpida...

—Si soy tan estúpida, ¿por qué tú eres al que le está costando tanto asesinarme? ¿Por qué soy yo la CEO? —Grito en el viento. La ráfaga tira de mis trenzas y más piedritas caen por la cornisa. Con una ráfaga lo suficientemente fuerte, me caeré con ellas.

Es ahora o nunca.

Tendré que arrojarme hacia Bentley y ver si puedo pasar corriendo a su lado. Luego tendré que correr más rápido que él todo el trayecto hacia el coche alquilado.

Dios, odio correr. No tengo un cuerpo hecho para correr. Tengo un cuerpo que está hecho para acostarme hermosamente sobre un diván. Y para nadar. Me encanta nadar.

Finjo ir hacia la izquierda y luego corro hacia la derecha, pero Bentley me bloquea el paso. El cuchillo está entre nosotros, con la punta hacia arriba. No es bueno.

Excepto por el rubor anormal que tiñe sus mejillas, el rostro de Bentley está horriblemente pálido. Sus ojos están bien abiertos y miran fijo; la parte blanca brilla como si tuviera más miedo que yo. ¿Por eso estaba ansioso y sudando toda esta caminata? ¿Estaba planeando cómo asesinarme?

Me lanzo y cuando Bentley empuja, choco la mano que sostiene el cuchillo con la urna. Se queja y tira el arma, pero me agarra con su mano libre. Ambos luchamos entre nosotros; él intenta hacer que pierda el equilibrio y yo intento empujarlo para que se aleje.

Realmente me empujará por la cornisa. Dejo que mi cuerpo se vuelva pesado y caiga al piso, llevándolo a él conmigo. Excepto que ahora estoy tirada sobre los pedazos de urna. Y Bentley está más cerca del cuchillo.

Se mueve más rápido de lo que creí posible y toma el arma de aspecto malvado para alzarla. Levanto una mano como si mi palma vacía pudiera detenerlo e intento pararme, pero es demasiado tarde. Ya casi está encima de mí...

Explota un rugido y una sombra oscura sale corriendo de entre los árboles. El piso se sacude y pierdo el equilibrio. Por unos pocos segundos horribles, me tambaleo en el borde.

Me tiro hacia adelante y me bajo de la cornisa hacia un lugar seguro. Hacia Bentley y el cuchillo. Casi me vuelvo una mancha rosa en la base de una vista panorámica, pero ese es el menor de mis problemas.

Un maldito monstruo acaba de salir corriendo del bosque. Pelaje marrón, hocico negro, dientes largos. Toda mi experiencia en vida salvaje viene de mirar videos de Tiktok, pero reconozco un oso cuando lo veo. Un oso malvado.

Es realmente gigante, grande como un coche. No un coche pequeño. Una todoterreno. El suelo estalla bajo sus patas mientras corre hacia nosotros. Su boca abierta es más grande que mi cabeza, lista para comerme a mí y a Bentley de un bocado.

Ahora sería un buen momento para recordar qué hacer cuando te ataca un oso. ¿Correr? ¿Hacerse el muerto? ¿Gritar sin parar y esperar a que alguien venga a rescatarme?

Bentley ya está haciéndolo; gritando fuerte y agudo como chicas adolescentes en un concierto de K-pop, teñido de terror en vez de adoración. Deja caer el cuchillo. Rebota sobre una piedra y se queda trabado entre dos rocas. En su apuro por escapar, me empuja y me caigo. No hasta abajo del todo; sólo un par de metros. El mundo pierde el equilibrio; los árboles y el cielo giran a mi alrededor. Mi frente se choca con algo y la luz quema mis ojos.

Cuando se desvanece, estoy recostada y mirando fijo hacia el cielo. Un conjunto de rocas frenó mi caída.

Al menos Bentley ha dejado de gritar. O bien se ha ido o el oso se lo comió.

Pestañeo en silencio. Hay algo mojado que cae sobre mi rostro. Quizás Bentley se quede con la mitad de mi herencia después de todo.

Rechino los dientes y me obligo a vivir, al menos para molestar a Bentley, cuando una gran sombra cae encima de mí. Es el oso, que se asoma encima de mí con su rostro peludo cerca del mío. Tenía un osito de peluche de niña. La versión de la vida real no se parece en nada. Excepto por las orejas; son redondas, peludas y super tiernas.

El oso gruñe. Su aliento cálido me da en el rostro.

Este es el fin. No puedo hablar para salir de esta situación.

Podría levantarme y correr, pero estas rocas debajo de mi espalda son extrañamente cómodas. Dejo que mi cabeza se caiga hacia atrás con un clack. El dolor me rebana la cabeza y una manta negra cae sobre mi rostro, tapando el sol.

* * *

Teddy

Gracias al cielo mi oso me llevó de regreso con la mujer vestida de rosa. Llegué a la cima justo a tiempo para ver al hombre paliducho amenazarla con un cuchillo.

No lo pensé. No esperé. Sólo me transformé. Y ataqué.

Ahora que su atacante se ha ido y está tirada como una pila rosa de rocas con sangre que cae por su rostro.

Lo perseguiría, pero no quiero dejarla.

Sigo en forma de oso y le huelo el cabello. Sangre. Ella se golpeó la cabeza cuando su hermanastro la empujó. Ahora ella me mira pestañeando y con la mirada desenfocada.

Probablemente esté asustándola ahora mismo.

Antes de poder detenerlo, el cambio se apodera de mí. Me tenso e intento luchar contra él, pero es como intentar dejar de estornudar a la mitad. Mi columna se arquea y suena y mi forma fluye de la forma de un oso gigante de regreso a un humano. Me tambaleo sobre dos pies y mi pecho está agitado.

¿Qué carajos fue eso? Mi oso acaba de obligarme a transformarme. Frente a una humana. Nunca he perdido el control así.

Estiro una mano y muevo los dedos para quitarme los calambres. Sigo parado sobre la pequeña humana y aunque mi forma sea más pequeña, todavía me impongo ante ella.

Mierda. ¿Me vio transformarme?

Sus párpados se mueven. Contengo la respiración, pero

sus ojos siguen cerrados. Pero estaban abiertos antes, ¿verdad? Lo que significa que sabe mi secreto.

Esto es un desastre y acabo de empeorarlo.

Ella parece estar inconsciente ahora. Si no estuviera tirada sobre una pila de rocas con un camino rojo que va desde su sien a su mentón, luciría como si se hubiera acostado a dormir una siesta.

Le toco la mano y está inerte. Está desmayada, y es probable que tenga una herida en la cabeza. Los humanos son tan malditamente frágiles. Ella necesita atención médica. Puede que no sea una muy buena idea moverla ahora, pero no puedo dejarla en caso de que su hermanastro psicótico vuelva y termine lo que empezó.

Necesito sacarla de aquí.

Después de revisar su herida abierta, que sangró bastante pero ahora parece estar coagulada, y la levanto con cuidado en mis brazos. Alzarla no requiere fuerza. Es una carga placentera y cálida y mientras intento sostener su cabeza, ella murmura algo y se acerca más. Su aroma a miel me hace cosquillas en la nariz.

Me muevo tan sigilosamente como puedo. Estoy desnudo; lo que queda de mi ropa está destrozado cerca de un árbol. Si se despierta ahora, tendré que dar muchas explicaciones.

La llevaré a algún lugar seguro, haré que la revisen, y lidiaré con sus preguntas luego. Tendré un par de preguntas propias. Comenzando y terminando por si me vio o no transformarme de un gran oso a un humano.

El cuchillo sigue en las piedras, brillando en nuestra dirección. Enviaré a uno de mis hermanos a que lo busque y a que traiga su mochila rosa. Ahora que está en mis brazos, no quiero arriesgarme a moverla mucho.

Estoy caminando hacia los árboles cuando su cabeza se

mueve hacia atrás y sus bellos ojos marrones se posan sobre mi rostro. Mierda, se despertó rápido. Sigue luciendo un poco mareada. Sus cejas se juntan en una V, y luego se alisan. Me vuelvo una estatua cuando su mano pequeña sube y toca mi mejilla.

—Oso, —mueve la boca. Ella pone los dedos sobre mi rostro y repite convencida «oso» antes de dejarla caer. Sus ojos se cierran y su cabeza se acomoda sobre mi hombro otra vez.

Mierda.

Capítulo Dos

eddy

La hermosa humana sigue casi del todo inconsciente de camino a la cabaña. Cuando la apoyo sobre la cama, se hace una bolita de inmediato. La tapo con una manta y cierro las cortinas para que la habitación se mantenga oscura y fría. Verla en mi cama es más que satisfactorio. Intento no pensar demasiado en eso.

Salgo y hago una llamada; paso unos buenos quince minutos recorriendo el perímetro, revisando los puntos débiles y oliendo el viento. No puedo creer que me transformé justo en frente de ella. Esconder el secreto de nuestros animales es lo primero que aprendemos como transformistas. Transformarse sin control no es tan sólo un movimiento de principiante, es uno mortal. Mis hermanos más jóvenes tuvieron algunos problemas con el control cuando era adolescentes. Ma tuvo que darles clase en casa hasta que pudieron esconder su animal como se debe. Pero en sus peores momentos igual no cometían un error tan fatal.

¿En qué estabas pensando? Castigo a mi oso, pero no me responde. Siento su satisfacción. Le gusta la pequeña humana, y ahora ella está justo donde la quiere.

En mi cama.

Mierda, qué desastre.

Mi hermano me encuentra caminando frente a mi cabaña. Giro ni bien siento que se acerca silenciosamente.

—Matthias.

Mi hermano está vestido con su camisa abotonada que usa siempre y unos pantalones lindos. A diferencia del resto, realmente tiene un trabajo con humanos. Tuve suerte de encontrarlo entre turnos.

—Teddy. —Matthias me saluda asintiendo y le brillan los lentes. No los necesita porque tiene una visión perfecta de transformista, pero se los pone igual—. ¿Estás bien?

No, perseguí a una mujer por el bosque y la rescaté de su hermano asesino. Luego me transformé justo en frente de ella, como un bobo. Mi oso puede estar completamente fuera de control.

—Sip, bien. Entra. —Sostengo la puerta para que entre. Ambos tenemos que agachar la cabeza para entrar a la cabaña, y cuando Matthias se para derecho en mi sala de estar, sus rizos negros marcados se rozan con las vigas de pino expuestas. Tiene una contextura más delgada, pero es un poquito más alto que yo.

—Gracias por venir tan rápido, —le digo—. ¿Fuiste a la cumbre?

—Encontré esto. —Matthias levanta la mochila rosa brillante—. Junto con piezas de cerámica rotas. Pero ningún cuchillo.

—Mierda. —Me froto el rostro con la mano. Debería haberme quedado con el cuchillo de inmediato para que su hermanastro no volviera a buscarlo. Esta mujer me hace cometer todo tipo de errores—. ¿Viste a alguien?

—No. Sentí el aroma de un par de humanos. Uno de ellos era ella. El otro es un hombre.

—Su hermanastro. Intentó acuchillarla y cuando lo sorprendí, salió corriendo.

Estoy ansioso por salir a buscarlo, pero hasta saber que la mujer está bien, me quedaré pegado a su lado.

Matthias asiente con calma como si hubiera descripto algo normal. Está acostumbrado a que le dé los detalles más mínimos de mis misiones. Nada lo asombra. Además, es un doctor con entrenamiento humano, lo que lo vuelve el hermano perfecto a quien llamar para resolver este dilema.

—¿Dónde está la paciente?

—Allí. —Señalo mi habitación.

Las cejas de Matthias se elevan. Mi cabaña es pequeña y cómoda, con una cocina y sala de estar frente al hogar y una pequeña habitación apenas lo suficientemente grande como para que entre un armario y mi cama.

—Podría haberla puesto en el sillón, pero las personas con heridas en la cabeza necesitan calma y privacidad, ¿verdad?

—Claro, —responde Matthias.

No agrego que el sofá está expuesto. Demasiado cerca de la puerta. Necesito mantenerla a salvo. Sobre todo no agrego el hecho de que la necesidad de tenerla en mi cama fue por encima de todo el resto.

No analizaré esa necesidad demasiado.

Tomo la mochila rosa de la humana y Matthias baja su bolso de cuero negro de doctor de su brazo.

—Iré a revisarla ahora. —Él se agacha en la habitación y lucho contra la necesidad de gruñir y seguirlo. No quiero que nadie más que yo esté cerca de la humana.

Matthias se lava en el baño antes de dirigirse hacia la paciente. Cuando se abre la puerta del baño, no puedo luchar más contra mis instintos. Me rindo y me acerco a la puerta de mi habitación, mirando cómo Matthias se inclina sobre la cama para examinar a la mujer. Él lleva guantes y sus manos son gentiles, pero su entrecejo se frunce cuando le toca la cabeza.

—Esa herida luce mal, pero es la menor de nuestras preocupaciones, —dice Matthias—. Es probable que tenga una contusión severa.

—¿Eso es malo?

Las heridas humanas me ponen nervioso. Algunos de ellos mueren porque los pica una abeja o se comen un maní. ¿Cómo carajos mantengo a esta con vida?

—¿Viste cómo se golpeó la cabeza?

Me inclino contra el marco de la puerta y lucho contra la necesidad de pasar a Matthias y tomar a la pequeña humana en mis brazos.

—Estaba corriendo. Ella iba por el sendero cuando su hermanastro intentó asesinarla. Me interpuse, pero en la conmoción, ella cayó sobre unas rocas.

Matthias acepta esto y asiente. Sostiene una pequeña linterna y hace brillar la luz en los ojos de Lana.

—¿Cuánto tiempo lleva desmayada?

Mientras explico los detalles del rescate, entro a la habitación y me paro cerca de Matthias. El aroma de la mujer invade el lugar y mis instintos me están diciendo que la alce y que eche a mi hermano. Lo que es una locura. No hay razón para ser tan posesivo por una humana que no he conocido.

—¿Y la trajiste aquí en vez de un hospital? —Pregunta Matthias.

—No puede irse, —digo sin pensar—. Su hermanastro intentó matarla, ¿recuerdas?

—¿Crees que todavía esté allá afuera, buscándola?

—Lucía bastante seguro.

—¿Irás a buscarlo?

—Ella es la prioridad. ¿Alguna idea de por qué sigue inconsciente?

—La contusión. Ella se despertó por unos minutos, ¿correcto?

—Sólo menos de un minuto.

Matthias gruñe. Busca en su bolso y saca un tubo con un líquido verde oscuro.

—Sostén su cabeza.

Me muevo para sostener a la paciente. Su cabeza luce tan pequeña entre mis manos gigantes. Ella realmente es sorprendente: piel oscura, suave, pómulos esculpidos, una pequeña nariz linda, labios carnosos.

Matthias apoya el tubo en su boca y vierte los contenidos. Huele raro, una combinación metálica y herbal.

Me quedo duro.

—¿Qué es eso?

—Sólo un poco de algo que preparé, —murmura Matthias mientras inclina el tubo hasta vaciarlo por completo—. Vamos, traga. Eso es.

—¿Qué contiene?

—No quieres saberlo.

Mi gruñido nos sorprende a ambos.

—Es un serum sanador, —responde Matthias—. Una de mis recetas. Ayudará a su cabeza.

Todo mi temor se desvanece. Matthias está intentando ayudar.

—¿No es una buena señal que duerma tanto, no?

—Para nada. Pero eso debería sanar lo peor. —Él mete

el tubo vacío de vuelta en su bolso y saca un paquete de gaza—. Llevará un momento que haga efecto. Mientras tanto, puedo limpiar este corte. No parece que haya otras contusiones. —Él echa una solución sobre la gaza y comienza a dar toques sobre su cabeza—. Necesitas mantenerla bajo observación por al menos veinticuatro horas. No puedes moverla o hacer ruidos fuertes, si puedes evitarlo. Necesita descansar. —Él me mira por encima de sus lentes falsos—. ¿Puedes tomar tiempo de tu agenda ocupada para hacerlo? —Su voz es neutra, no hay nada de sarcasmo mientras dice *agenda ocupada*, pero me enervo como si fuera un reto.

La última vez que hablamos, me acusó de volverme un ermitaño. De todos mis hermanos, Matthias es el más tranquilo, callado y pensativo. También es el que más probablemente use el sarcasmo y formas sutiles de hacerme saber que no está conforme. Mis otros hermanos echarían un puño en mi dirección. Los hermanos Osos Malvados tendemos a usar peleas físicas para solucionar los problemas, para el pesar de mi Ma.

—Sí, puedo hacerlo, —le digo.

—Puedes revisar su mochila para ver su licencia de conducir y saber su nombre.

—Lana. Es Lana.

Matthias levanta una ceja y me apresuro a dar explicaciones.

—Puede que la haya escuchado a ella y a su hermanastro hablando más temprano en su caminata. Estaba corriendo cuando pasaron y ya conoces a los humanos. Hablan fuerte. —Dejo que mi voz se pierda. Entre más intento convencer a Matthias de que no estaba siguiendo a Lana, menos convencido está. Quizás no debería haberlo llamado. Es el que menos probabilidades tiene de moles-

25

tarme, pero también es el más inteligente de mis hermanos y yo combinados. No puedo engañarlo.

Matthias limpia la herida de la cabeza de la humana y le coloca una venda. Todo este tiempo la paciente está desmayada; su pecho se eleva y baja suavemente. Cuando termina, él vuelve a revisarle las pupilas.

—Mucho mejor.

—¿Debería seguir durmiendo?

—Estará bien. En este momento, el sueño es sanador. Ahora, cuando se despierte, puede que esté desorientada. Está en un lugar nuevo. ¿Y nunca te vio, correcto?

Dudo. Hay más de la historia que tengo que contarle, pero aquí no.

—Eso creo, pero no estoy seguro.

Matthias arroja la gaza ensangrentada y la basura a una pequeña bolsa de residuos y se quita los guantes.

—Espera, ¿eso es todo? —Miro a la paciente dormida y luego a mi hermano tranquilo—. ¿Terminaste?

—He hecho todo lo que pude. La herida está limpia y no necesita puntos. Ella no tiene fiebre y sus pupilas lucen bien ahora. No hay sangrado cerebral.

¿Sangrado cerebral?

—Quizás deberíamos llevarla a un hospital.

Podría mentir y decir que soy su esposo. Quedarme cerca para protegerla.

—Sólo si quieres sacártela de encima. El hospital no podrá hacer mucho más que yo. De hecho, habrían hecho bastante menos.

—¿Qué hay de... no sé... estudios?

—Una resonancia y una tomografía no nos dirán si tiene una contusión. Tendremos que observar sus síntomas y ver cómo actúa. Mantenme informado acerca de cualquier cambio en su comportamiento.

—¿Cómo sabré que cambia su comportamiento? No la conozco.

—Puedes preguntarle cuando se despierte —Matthias se quita los lentes y los limpia. Juraría que sólo lleva lentes falsos para poder usarlos como utilería en una obra. Quizás haga que sea más fácil fingir ser humano. Con sus lentes y atuendo, luce como un doctor rural de buenos modales. Es un buen disfraz—. ¿Tienes tiempo de sentarte a mirarla? ¿Tienes algún vuelo?

Se refiere a mi negocio de helicópteros. Hago paseos y llevo a empresarios desde Albuquerque a Taos, además de trabajar en áreas más peligrosas con mis compañeros de fuerzas especiales en la manada de lobos Black.

—Ningún trabajo. El negocio está tranquilo.

—Hmmm. —Matthias no dice nada más, pero su mirada es incisiva, me examina. Sabe que no le estoy contando algo.

Tengo que confesarlo.

—Hay más. Otra... complicación.

Matthias se pone tenso.

—¿Has notado algún otro sangrado?

—No es eso. —Le hago una señal para que salga de la cabaña.

Él se lava en la cocina, empaca su mochila y sale en silencio adelante de mí. Respiro profundo el aire con olor a polen mientras salimos hacia el día de primavera. La pradera frente a mi casa está florecida. Las abejas sobre-vuelan las flores blancas y rosas que mis hermanos más chicos plantaron para ellas, contra mi voluntad. El aroma a miel de la mujer me sigue aquí afuera. Es tan dulce que pronto las abejas intentarán entrar a mi casa.

Mierda. ¿Qué he hecho? No se siente como si todo mi mundo hubiera cambiado de eje, pero lo ha hecho.

Una vez que estamos al borde de mi jardín lleno de

flores silvestres a la vista de colmenas entre los árboles, me detengo y miro a mi hermano. Matthias y yo sólo nos llevamos algunos meses. Ma nos adoptó a ambos casi al mismo tiempo. Soy más unido a él que a cualquiera de mis hermanos, incluso mi gemelo.

Pero igual no quiero admitirle que la cagué.

—Cometí un error. —Mierda, es difícil poder decir las palabras—. Ella estaba inconsciente y... entré en pánico. Un momento, estaba en forma de oso, y el próximo... no pude no transformarme. Y... creo que vio el cambio.

Matthias se acomoda los lentes. He estudiado técnicas de interrogación, así que sé lo que hace, pero después de un minuto del silencio de Matthias, me quiebro y explico.

—Mi oso acaba de obligarme a transformarme. Frente a una humana. Nunca he perdido el control así.

La expresión de Matthias es pensativa; no de juzgarme.

—¿Ha sucedido antes?

—No, nunca.

—Quizás esté todo bien.

—Si me vio...

—Entonces lidiaremos con eso. Hay un protocolo.

—Sí. —El protocolo es llevar a la humana con un vampiro y sostenerla mientras la sanguijuela la hipnotiza para que se olvide de nuestro secreto—. Esperaba que eso no fuera necesario.

—Puede que lo sea. A la luz de este tema serio, el tono calmo de Matthias suena frío. Miro fijo mi reflejo en sus lentes falsos. Él actúa tan gentil y bueno que me olvido de lo despiadado que puede ser. Fue quien estuvo a mi lado cuando tuve que lidiar con esta situación antes. Sabe lo profundo que es mi dolor y mi vergüenza.

Y ahora estamos volviendo al mismo camino. Pero tengo

que preguntarlo. Algo me hace querer proteger a la pequeña humana que duerme en mi cama.

—Que te limpien la mente después de una herida en la cabeza... ¿no la dejará mal?

—No es lo ideal. No puedo prometer que no lleve a problemas cognitivos y de memoria. —Él suena tan clínico.

Lo que está diciendo es que el costo de preservar nuestro secreto podría arruinarle la vida a esta humana. Este es el Matthias real y los suéteres del Sr. Roger y los buenos modales son todos parte de una farsa. El doctor bueno que calma a los pacientes hasta que tienen una sensación falsa de seguridad, tan falsa como sus lentes. Hará lo que sea necesario para asegurarse de que nuestra familia sobreviva. Yo también. Si la humana de olor a miel que está en mi cama es daño colateral, entonces que así sea. Es una elección que he tenido que tomar antes.

La familia está primero.

—No sé si me vio transformarme de nuevo en humano. No sé si me vio transformarme en oso para empezar. Supongo que lo descubriremos pronto cuando despierte. Si ella lo vio todo, correrá gritando hacia la sala de prensa más cercana. Igual que lo hizo Tiffany.

—Si no sabes si vio algo, tendrás que mantenerla vigilada hasta que estés seguro.

Gruño y asiento.

—O podrías llevarla con la sanguijuela más cercana y que le borren la mente ahora. Preventivamente.

—No, —digo de mala manera.

—¿Quieres conocerla antes de borrarle la mente? —Pregunta Matthias, pero es una pregunta cargada. Mi respuesta le dirá más de lo que quiero que sepa.

En vez de contestar, lo miro mal.

—O puedes esperar y ver qué pasa. Puede o no llegar a

eso. —Matthias se pone su bolso de cuero negro sobre el hombro—. Llámame ni bien despierte y vendré a hacer un examen como se debe.

—¿No puedes quedarte?

Por mucho que quiero que Matthias se vaya, es bueno que esté cerca en caso de que la humana convulsione o algo.

—Tengo una visita programada.

—¿Con quién?

Hay una leve sonrisa que acecha en la comisura de la boca de Matthias.

—Daisy.

Resoplo.

—Daisy es sana como un roble. Ni siquiera se ha resfriado en veinte años.

—Tiene ochenta y nueve. Dice que quiere vivir hasta los ciento cincuenta.

—Buena suerte con eso.

—Gracias, la necesitaré. A no ser por la mordida de un vampiro, no tengo forma de darle una larga vida a nadie.

—Si alguien puede vivir tanto, será Daisy. Pero no le digas lo de los vampiros. No le des ideas.

—Dios, no. ¿Has oído su nueva idea para promover el turismo?

Resoplo.

—Que no sean paseos en oso.

—No, eso no tenía sentido. Nunca habló en serio sobre eso o el concurso hombre-contra-oso de comer salchichas. Este es el nuevo plan.

Me froto las manos sobre el rostro.

—No quiero saberlo.

—No piensa en estas cosas como forma de molestarte. Intenta salvar la montaña. Hablando de eso, hablé con Darius. Él quiere...

Sé lo que está por decir.

—No.

—Ni siquiera sabes lo que ha pedido. —Matthias se acomoda los lentes y yo aprieto la mandíbula para no golpearle la cara y quitárselos.

—Sé que no quiero escucharlo.

Matthias no dice nada, pero sé que no le gusta.

—Mira. —Muevo una mano hacia la cabaña—. ¿No tengo suficiente con qué lidiar?

—Bien. Lo atrasaré. Cuida a tu paciente. Cuando se despierte, si le duele la cabeza, puedes darle algo. Un analgésico común, no aspirina. —Saca una tira de Tylenol de su bolso médico y me la pasa—. Ayudará que le pongas algo frío contra la herida. Una bolsa de arvejas congeladas funcionará.

—¿Qué hay de moras congeladas?

Asiente con solemnidad como si no hubiera dicho algo estúpido.

—Las moras están bien.

—La controlaré, —le prometo—. Gracias por venir.

—Volveré después de mis turnos. —Voltea para irse.

—Una cosa más, —tomo su brazo—. No le digas a nadie que está aquí.

—No lo haré, pero sabes que eso no evitará que la visita se entere, —Matthias asiente mirando hacia las colmenas—. En esta época del año, a Everest le gusta controlar a las abejas.

Contengo un gruñido. Everest es mi hermano más enigmático.

—No sé por qué puso las colmenas aquí. Tiene su propio lugar.

—Es Everest. No sabemos si tiene su propio lugar. Puede que sólo tenga una cueva en el bosque. Estoy bastante seguro de que pasa la mayor parte de su tiempo como un oso. Además, los Terribles Tres te están buscando.

Mi gruñido sale casi como un gruñido y Matthias no puede evitar sonreír.

—Por el amor de Dios, ¿qué quieren?

—Tendrás que preguntárselos.

—No, —le digo—. Diles que estoy en una misión o algo.

—Saben dónde vives.

Mierda. Tiene razón. Mi casa es la Estación Central cuando mis hermanos quieren algo.

—Quizás pueda moverla...

—No la muevas.

Me quedo helado.

—¿Hice algo mal en moverla antes? —Quería llevar a la hermosa humana a salvo, pero si la lastimé no podré perdonármelo—. ¿Crees que lo empeoré?

Matthias me mira fijo, sin pestañear. No puedo esconder la preocupación en mi voz y ahora sabe más sobre mis sentimientos hacia la invitada no deseada que yo mismo. Me quedo duro para no ceder ante su mirada incisiva.

—Estará bien. El serum sanador está curando las heridas serias.

—Pero sigue durmiendo...

—Dormir es bueno. No se curará tan rápido como nosotros, pero el serum está ayudando. Entre más descanse y se relaje, mejor. Cuando despierte, dile que se tome unas vacaciones cortas. Quizás pueda alquilar tu cabaña. Me está provocando.

Hago una mueca.

—Eso es todo lo que necesito. Una turista que pague.

—Daisy estará contenta.

—Genial. Viviré para complacer a Daisy.

—Una cosa más, hermano. —Matthias inclina la cabeza como si se le acabara de ocurrir algo. Ya no sonríe, pero puedo escucharlo en su voz—. No sé si te has dado cuenta, pero la humana...

Me preparo para el disparo.

—¿Qué?

—Es tu tipo.

Antes de poder gruñirle que se vaya, Matthias agacha la cabeza bajo la rama de un pino y camina rápido entre los árboles.

* * *

Lana

La luz toca mi rostro como una mano cálida, y me estremezco. Me late la cabeza. Muevo el rostro un poco hacia la derecha y pestañeo hasta que la ventana y la pared frente a mí se enfocan. La ventana tiene las cortinas más lindas que haya visto de decoración. La tela es verde oscuro con muchos pequeños ositos marrones que corren entre ellas en filas pares.

Pestañeo y comienzo a sentarme, pero el dolor punzante en mi cabeza evita que me mueva más. Estoy en una cama suave con sábanas usadas y un acolchado verde musgo. Las paredes son de troncos Lincoln de color miel-marrón. La habitación es pequeña, dominada por la cama con cuatro caños y un guardarropa de pino en la esquina hacia mi izquierda. A mi derecha hay una mesita de luz, también hecha de pino. En la mesita hay una lámpara. Su tela es la misma que la de las cortinas, verde con osos marrones que marchan.

¿Dónde estoy? ¿Qué sucedió? Busco en mis recuerdos y hay un espacio vacío y más dolor de cabeza, así que me rindo en intentar recordarlo. No sé cómo llegué a esta cabaña, pero alguien que elige cortinas tiernas y una lámpara que hace juego no puede ser un asesino serial. ¿Verdad?

Intento otra vez y logro sentarme de a poco e inclinarme contra el cabezal de pino tallado de la cama para ver bien una vez que la habitación deje de girar. Sigo con mi atuendo de senderismo. Está un poco empolvado, pero no tiene pistas de lo que me sucedió. Hay un vendaje pegado a mi cabeza. El pánico me hace querer correr hacia el espejo más cercano a mirarme, pero mi cráneo amenaza con partirse si intento mover los pies para bajarlos de la cama, así que vuelvo a recostarme sobre las almohadas.

Mis trenzas tienen algunas partes de pino en ellas. Las arrojo a la alfombra marrón peluda que cubre el piso de pino áspero. Todo este pino y tela a cuadros me dice que estoy en una cabaña de montaña. Y eso tiene sentido. Estoy en la montaña Osos Malvados.

Todo vuelve de a poco: la urna de mis padres, mi hermano Bentley. ¿Dónde está Bentley? Estábamos subiendo para arrojar las cenizas y cumplir con los deseos de nuestros padres. Lo último que recuerdo es que bajamos del coche alquilado. Cuando intento recordar más que eso, el dolor me parte la cabeza; es tanto que me llena los ojos de lágrimas.

En algún momento me golpeé la cabeza y alguien la vendó. ¿Bentley? ¿O el dueño de esta linda cabaña? La habitación se siente cómoda para ser de alquiler. Hay dos puertas cerradas, una a los pies de la cama y una a la izquierda, frente a la única ventana y al armario grande de pino. Las puertas del armario están abiertas y muestran una fila de camisas escocesas colgadas a un lado y un par de pilas de ropa doblada prolijamente en las estanterías. A menos que los alquileres de cabañas de montaña ahora vengan con camisas escocesas gratis, este es el hogar de alguien.

No puedo seguir haciendo de detective hasta poder moverme, pero hay peores lugares donde recuperarse. Esta habitación me inspira a diseñar una nueva línea navideña para mi empresa, DiosaIndumentaria™. La temática será moda de montaña. Estoy pensando en pijamas, camisones cómodos y pantuflas peludas, todo escocés. Los lindos ositos marrones definitivamente estarán incluidos.

La gran puerta áspera frente a mí se abre un poco y entra el hombre más apuesto que he visto en mi vida. Es un vikingo gigante con cabello rubio corto y una barba que está fuera de control. Su camiseta usada está estirada sobre sus pectorales hinchados y sus bíceps lucen como si estuvieran por explotar en sus mangas. Una buena flexión de esos músculos sobresalientes y su camisa se rendiría y caería al piso, dejándolo sin nada en la parte superior. Y eso sería una tragedia.

No.

Podría examinar el bronceado oscuro de su piel y los hermosos colores de su manga llena de tatuajes. La tinta sobre su codo muestra una abeja y un gran oso marrón.

De nuevo con los osos. Me encanta cuando la gente sigue una temática.

—Estás despierta, —dice el vikingo con voz rasposa. Sus cejas rubias forman una línea arisca. Luce gruñón. Pero he lidiado con gruñones desde que mi mamá se enamoró de un importante ejecutivo de Hollywood, nos mudó a Hollywood Hills y me dejó con un hermanastro cruel. Siempre combato el malhumor con rayos de sol.

—Ey. —Saludo con la mano y me estremezco cuando el movimiento me sacude la cabeza.

El vikingo cruza rápido la habitación y sus movimientos

son fluidos para un hombre de su tamaño. Se agacha junto a la cama, lo que deja su cabeza junto a la mía. Sus ojos grises me traspasan.

—¿Cómo te sientes, bebé?

¿Bebé? Em, guau. Bueno. Eso está bien. No conozco a este tipo, pero puede llamarme bebé cuando quiera. Y realmente digo cuando quiera.

Es realmente grande, rudo y hermoso. Su masculinidad pura hace mis ovarios produzcan óvulos más rápido que una máquina de monedas que acaba de ganar el premio gordo. Literalmente escucho las campanas sonando...

No, espera. Ese es mi dolor de cabeza. Mi mano se eleva para tocar mi frente.

—Cuidado, —me advierte, tomando mi muñeca y girando mi mano. Todavía tengo un par de piedritas pegadas a la palma. Él las quita con dedos gentiles.

El calor recorre mi cuerpo. *Ay, por favor.*

—¿Nos conocemos? —Mi tono es un poco demasiado esperanzado.

Quizás Bentley y yo terminamos el ritual y él me dejó sola caminando hacia la pequeña ciudad de Osos Malvados, donde tomé un trago en el bar que lucía antiguo y conocí a este vikingo. Quizás me conquistó con descripciones de sus hermosas cortinas y acepté su invitación de mirar íntimamente su habitación.

Y ahora es la mañana siguiente. Pero si tuvimos sexo sucio y apasionado, ¿cómo me lastimé la cabeza? Mi cuerpo no estaría para nada lastimado como si me hubiera caído de un barranco; estaría sensible de una forma diferente y más deliciosa. Así que quizás no lo hayamos hecho. *Todavía.*

—¿Qué recuerdas? —Él mira mis ojos con atención.

—Em. Vine aquí y, eh. —Una punzada dolorosa va de una sien a la otra.

—Tranquila. —Su tono es gentil hasta cuando luce molesto. Con su barba salvaje y mirada fija intensa, tiene siempre un rostro de chico malo. Me está costando respirar bien.

O quizás sea su aroma delicioso y la proximidad de todos esos músculos listo para salir explotados de la tela sobre exigida de su camiseta. Ha pasado un tiempo desde mi última cita. No he tenido mucho tiempo libre. Tras la muerte de mis padres, me dediqué a mi negocio y marca. Y ahora, no tengo defensas contra los chicos lindos.

Eso es. Sólo me siento sobrepasada por toda la belleza musculosa de este vikingo moderno de montaña.

Está mirando mis ojos con esos hermosos ojos suyos.

—¿Cómo llegué aquí? —Le pregunto.

—Te caíste de la montaña y te traje. ¿Qué recuerdas? —me repite. Se siente un poco como una interrogación.

—Me duele la cabeza, —murmuro, lo que es verdad.

Él se para de repente. Me hago hacia atrás por el movimiento repentino y por todo su tamaño y él apoya una gran mano sobre mi hombro.

—Está bien. Sólo buscaré algo de agua.

Ahora que lo menciona, tengo la boca seca. Me lamo los labios secos y busco con la mirada mi mochila rosa de senderismo. Mi brillo confiable de labios nunca está lejos de mi alcance.

—Perdona, —le digo al vikingo—. ¿Tú tienes mis cosas?

—Sip. —Él vuelve a entrar en la habitación con un vaso de agua en una mano y mi mochila rosa en la otra—. Era imposible no ver esta mochila. Me sorprende que el color no te deje ciega, —gruñe mientras me la pasa.

—El rosa es mi color preferido. —Busco y encuentro mi teléfono.

La pantalla está negra y el vidrio está roto. Ah bien.

Primero lo primero. Saco el brillo de labios y me lo pongo dos veces, frotándolos. Cuando miro hacia arriba, el vikingo está mirando fijo mis labios con una expresión hambrienta que hace que toda la sangre de mi cuerpo se vaya rápido a mi rostro.

—Gracias. —Trago el agua que me pasa para esconder mi incomodidad.

En mi apuro, me tiro un poco en el pecho y tengo que quitarme las gotas de mis senos antes de que me empapen. Mis pezones están tan duros que se asoman por tres capas de ropa. *Basta*, les digo. *Este no es un concurso de camisetas mojadas.* ¿Es demasiado esperar que el vikingo no vea esto? Intento mirarlo disimuladamente.

Sí, sí lo es. Lo vio todo.

Tomo otro sorbo de agua y me lo vuelvo a volcar encima.

—Tengo un problema con la bebida, —bromeo—. No me prestes atención.

El vikingo se aclara la garganta y aparta su mirada.

—¿Cómo te llamas? —pregunta.

Me quedo dura.

—¿Cómo dijiste que llegué aquí?

—Tranquila, —me dice en una voz calma—. Estás a salvo. Te encontré en el sendero. Estabas herida. —Hace una señal hacia mi frente—. Te golpeaste la cabeza.

Toco el vendaje y odio lo débil que me siento. Debería estar desconfiada por despertarme en un lugar extraño con un desconocido, incluso si mis instintos me dicen que puedo confiar en este vikingo. O al menos conquistarlo. Quizás no sean mis instintos los que hablan, sino mis hormonas.

—¿Viste a mi hermanastro? Estaba caminando conmigo.

Duda antes de decir,

—No.

—Eso es extraño. —Hay algo que necesito descifrar, pero todo está confuso, oculto tras una pared de dolor—. Soy Lana.

—¿Lana? Soy Teddy.

—OMG. —Dejo caer mi mano y le sonrío—. ¿Teddy? ¿Como los ositos de peluche? —Mi sonrisa parece avergonzarlo.

—Teddy Mervedev, de hecho. ¿Acabas de decir OMG en voz alta?

—Ah... em, sí. —Mi nerviosismo se ha desvanecido, dejándome mareada. Este tipo eligió las cortinas. No esperaba un sensual hombre de montaña, pero quien sea que decore con ositos tiernos es automáticamente mi amigo—. Esta es tu cabaña.

—Sí. —Me mira con cautela—. Te traje aquí porque no te despertabas. Pensé que necesitarías descansar. Llamé a un doctor para que te revisara.

—¿Lo hiciste?

—Sí. Él te vendó la cabeza pero dijo que te dejara descansar.

—No puedo creer que dormí durante todo eso. Em, gracias por toda la ayuda.

—Por supuesto. —Sigue estudiándome como si deseara poder ver mis pensamientos—. ¿De dónde eres, Lana?

Me gusta cómo dice mi nombre.

—Vivo en Los Ángeles. Vine aquí a subir a la cima y esparcir las cenizas de mis padres. ¿Ves? —Saco mi granola como prueba.

Él mira la bolsa.

—Son almendras y M&M's. —Su tono contiene una pregunta.

—Mi marca patentada, —respondo—. No, en serio, estoy

pensando en patentarla. Podría venderla en tiendas. Apuesto a que desaparecería rápido de las estanterías.

A diferencia de Bentley, Teddy no se burla. Estira la mano, toma un puñado y lo mastica pensativo.

—Está bueno.

—¿Ves? —Lo miro sonriendo—. Te lo dije.

Él toma otro puñado.

—¿Recuerdas algo más sobre tu caminata?

—En realidad no. Sólo dejar el coche alquilado y... tratar de llegar a la cima con Bentley.

—¿Bentley?

—Mi hermanastro. Le pusieron el nombre del coche.

Teddy deja de comer la granola el tiempo suficiente como para hacer una cara.

—Lo sé, ¿verdad? ¿Quién llama a su hijo como un coche? Aunque sea un coche lindo. Aunque a mí me pusieron el nombre de una mujerzuela de la serie *Tres son multitud*, —le informo—, lo que no es mucho mejor. Sobre todo cuando tu hermanastro lo usa para burlarse de ti.

Teddy se termina toda mi granola. Hace un bollo la bolsa como si lo hubiera ofendido.

—Eso no es muy lindo. —Su voz es un sonido grave, casi como un gruñido.

—Ah, Bentley no es agradable, —concuerdo—. Juro que estaría feliz si un oso malvado saliera del bosque para comerme. —Me vuelve a doler la cabeza—. Espera, creo que acabo de recordar algo.

—¿Sí? —Teddy se sienta cuidadosamente al borde de la cama, cerca de mí. Su peso hace que se hunda el colchón y termino inclinándome hacia él.

Bajo la voz hasta un susurro.

—¿Cuando me rescataste pudiste ver un oso «grolar»?

—¿Un qué?

—Un oso «grolar», —repito—. ¿Sabes que los osos polares y los osos pardos se han empezado a reproducir entre sí?

Teddy abre y cierra la boca varias veces antes de decir,

—No estamos para nada cerca del hábitat de los osos polares.

—Pero por el cambio climático su territorio está cambiando. Y se están reproduciendo con osos pardos. Los osos polares y los pardos hacen osos «grolares». Puedes llamarlos osos «híbridos» si eso prefieres.

—Yo no... tengo una preferencia. Lana, no hay tal cosa como...

—Son reales, —insisto—. Son más grandes y malvados que los osos comunes. Aprendí acerca de ellos en el TikTok de Mamadou Ndiaye. Él los llamó osos Nesquik.

Teddy frota una mano áspera sobre su barba y se levanta.

Inclino la cabeza hacia él.

—¿Adónde vas?

—A llamar al doctor. Creo que te golpeaste la cabeza más fuerte de lo que pensé.

—No, siempre soy chistosa. Eso dice siempre Bentley de mí.

Su expresión gruñona se relaja.

—Lo llamaré de todos modos. —Me señala con el dedo—. No salgas de la cabaña. Y no te muevas.

—Estaba pensando en correr un triatlón, pero bueno. —Me recuesto sobre la cama y lo vuelvo a considerar—. ¡Espera!

—¿Qué? —Él vuelve a asomar la cabeza y luce más molesto aunque su tono es gentil.

—¿Puedo al menos usar tu baño?

—Por supuesto. Está justo aquí. —Él señala la puerta junto al armario—. ¿Necesitas ayuda?

—No, —respondo, aunque estoy luchando por moverme sobre la cama.

—Ven aquí. —Él me pone tan rápido en sus brazos que hago un ruidito de sorpresa. Pongo un brazo alrededor de su cuello.

Soy una chica grande, pero me levanta tan fácil. Siento su aroma masculino y de bosque y mis ovarios producen otros cientos de óvulos. El dolor de mi cabeza me hace apoyarme sobre su hombro, que se siente sólido y firme.

Sobre todo cuando no me baja de inmediato. Él me lleva al baño, que es una adición moderna a la cabaña, más grande que la habitación. Hay un lavamanos grande y una habitación separada para el inodoro, y una tina con hidromasaje que da unos ventanales, perfecta para quedarse en el agua y disfrutar de la vista del bosque.

—Guau. —No levanto la cabeza de su hombro porque está demasiado pesada. Mi cabeza, no su hombro—. Este baño es lindo. —Ups, eso fue maleducado. No debería sonar tan sorprendida—. No es que la cabaña no lo sea. Me encanta la decoración. Los ositos ganan.

Él gruñe y sólo se queda ahí parado, sosteniéndome; mi cabeza está apoyada contra su hombro. ¿Me está meciendo de un lado a otro?

Quizás tenga razón. Me golpeé la cabeza más fuerte de lo que ambos pensamos porque este panorama parece un poco difícil de creer.

¿Un vikingo gigante y hermoso que me mece suavemente en su baño soñado?

No puede ser real.

Levanto la cabeza y él me apoya en los cerámicos. Es tan alto que sólo llego a la altura de su clavícula. Tengo la altura perfecta para estudiar la hinchazón de sus pectorales bajo su camisa. Lo que no daría por verlo sin camisa. Sólo la idea me marea.

Teddy frunce el ceño. Sus manos grandes están sobre mis brazos, sosteniéndome.

—¿Estás bien, bebé?

—Sí, gracias. —Levanto el rostro y nos miramos. Sus ojos grises se oscurecen y el hambre se hace notar en su expresión. ¿Por mí?

—¿Estás segura?

Me froto los labios y sus ojos siguen el movimiento.

—Em, sí. Gracias por traerme. Creo que puedo desde aquí.

—Yo tomaré esa decisión, —me dice, pero no se mueve.

—Hueles bien, —digo de repente.

Él sólo asiente como si tuviera todo el sentido.

—Tú más.

O.M.G. Creo que *sí* le gusto.

Da lo que parece ser un paso desganado hacia atrás.

—Bueno. Grita si me necesitas.

—Sip. Lo haré. Gracias.

Cierra la puerta al salir y suspiro. Literalmente.

Ahora que estoy de pie, me siento un poco más segura. Hago lo que tengo que hacer y me miro la cabeza vendada en el espejo. El doctor de Teddy hizo un buen trabajo. Pero ahora tengo que pensar qué sucedió y dónde está Bentley.

Primero lo primero. Ese vaso de agua sólo me dio más sed. Salgo como puedo de la habitación por mi cuenta. No hay señales de Teddy, así que asomo la cabeza a la parte principal de la cabaña. Hay un hogar sobre una pared con un sofá y una silla en frente. Hacia la derecha está la puerta principal, abierta. La luz que entra desde las ventanas me hace entrecerrar los ojos. Me inclino contra el marco de la puerta para recomponerme.

Al otro lado de la sala de estar hay una pequeña cocina en forma de L con muchas alacenas de pino y una cocina de madera negra. Alguien está frente al refrigerador abierto, agachado y buscando comida. Las botellas chocan.

—¿Teddy? —Lo llamo.

La figura se endereza y todo el aire sale de mis pulmones. Orejas peludas, pelaje negro, hocico largo. Ese no es Teddy.

Hay un oso en la cocina.

Capítulo Tres

T*eddy*
Tengo a una humana en mi hogar. Una humana *linda*. Ella recuerda al oso, pero si me vio transformarme, no lo dice.

No parece recordarlo todo. No recuerda subir a la cumbre, ni el lamentable intento de asesinato de su hermanastro.

No sé por qué me guardé información respecto de su hermanastro. Podría haberle explicado que estaba intentando empujarla de la montaña, y que cuando me vio salió corriendo, pero me pareció cruel hacer sufrir a alguien que acaba de despertarse con un golpe en la cabeza. Pero no puedo protegerla por siempre. Ella necesita saber la verdad. Mientras su hermanastro siga allí afuera, está en peligro.

No hay problema, dice mi oso contento. *La protegeremos.*

Me froto ambas manos sobre el rostro. Esta no es una complicación que necesite. Pero me guste o no, tengo a una humana de invitada y mi instinto protector se está enloqueciendo. Necesito mantenerla a salvo y monitorear sus síntomas. Y necesito alimentarla.

Los humanos comen huevos, ¿no? Los Tres Terribles tienen gallinas cerca, aunque les dije una y otra vez que las llevaran más cerca de la cabaña de Ma. Mis hermanos más chicos son terribles con sus tareas, así que probablemente haya muchos huevos listos para recolectar.

Llamo a Matthias mientras bajo a los gallineros, y él me dice que le dé a Lana algo de Tylenol y que la mantenga tranquila por el resto de la noche. Corto la llamada y persigo a Gran Bertha, la gallina mala, para poder recolectar la cena de mi invitada.

Estoy de regreso, con los brazos llenos de huevos, cuando siento el olor de un intruso. La puerta principal de mi cabaña está abierta y se mueve con la brisa.

—Hijo de puta... —Me apresuro y dejo caer un par de huevos mientras corro hacia la cabaña.

Llego justo a tiempo para oír la sorpresa de Lana. Está parada en la puerta de la habitación con la boca abierta. En la cocina hay un oso negro grande con la cara metida en mi congelador.

—¡No! —Grito y muevo los brazos, olvidándome de que llevo los huevos. Muchos más se caen al piso. Tomo dos y se los arrojo al oso. Se mueve hacia atrás pero una yema le da en el hocico. Mientras estornuda y resopla, sacude la cabeza y tira huevo por todas partes—. Fuera. —Camino hacia adelante y me pongo entre el oso y Lana. Muevo un brazo como un agente de tránsito y hago un gesto hacia la puerta. El oso, que en realidad es mi hermano Axel, me mira con reproche y camina lento hacia la salida. A mitad de camino se detiene y voltea la cabeza hacia la habitación. Ha sentido a Lana—. ¡Ahora! —Grito mientras me pongo detrás de él para poder sacarlo. Es probable que el idiota tenga resaca y esté buscando algo fácil de comer en mi refrigerador. Maldita sea. Debería haber dicho que estaba en una misión ultrasecreta y que no me molestaran.

Para cuando hago que Axel salga, mi piso está cubierto de cáscaras de huevos que chorrean. Tanto la puerta del refrigerador como del congelador están abiertas y tengo que empujar un montón de comida hacia atrás para cerrarlas. Un paquete congelado está atravesado por marcas de garras; unas salchichas de ciervo que Axel hizo el año pasado. Hizo tantas que tuvo que guardar unas extras en mi casa. Me había olvidado de que estaban allí.

Hay tres huevos pequeños que sobrevivieron la pelea. Si los rescato con el paquete de salchichas, puedo hacerle una comida completa a la humana.

Ah, mierda, la humana.

Lana sigue parada junto a la puerta con sus ojos marrones grandes y mirando fijo. Me apresuro hacia ella.

—Lana. —Pongo mis manos sobre sus hombros y la reviso—. ¿Estás bien? Háblame.

Su labio inferior tiembla.

—O-o-o...

—Oso. —La tomo en mis brazos. Esta es la tercera vez en el día que la sostengo y mierda, mejora cada vez—. Sí, lo sé. Ya se ha ido. —Levanto la voz y grito por la ventana a la silueta de Axel en retirada—. Y no volverá.

—Sólo entró por la puerta y se metió en el refrigerador —Lana está sin aliento—. Supongo que los osos realmente son malvados en esta zona.

—No tienes idea. —La levanto y la apoyo en el sofá—. El doctor dijo que debías estar tranquila esta noche.

Ella se hace una bolita y sigue luciendo traumatizada. ¿Qué más necesitan los humanos para sentirse cómodos? Tomo una manta y la envuelvo a su alrededor. Puedo prender el fuego, pero necesito ir a buscar troncos. Primero tengo que limpiar. Me apresuro a hacer eso y en asegurarme de que la puerta principal permanezca cerrada. No quiero que más de mis hermanos entren.

—¿Era él? —Pregunta Lana—. ¿Era el oso malvado de la zona? Luce diferente del que vi en la cumbre. Ese era marrón.

Tiro los troncos en el hogar y pongo los que sobran en su tarima junto a la estufa de madera.

—No, ese era uno diferente. Es... es inofensivo. Si vuelve, sólo échalo.

Ella pestañea.

—Eso fue increíble. Simplemente lo echaste. —Hace ruidos de echar—. Como pegarle a una mosca.

Resoplo. Por dentro, mi oso se siente halagado.

—Como dije, es inofensivo.

—Fuiste tan valiente. Como Bear Grylls. ¿Lo conoces?

—¿Qué? No.

—Qué mal. Sería el indicado para modelar mi nueva línea de moda inspirada en los osos de montaña. Tú también, en realidad. ¿Alguna vez consideraste el modelaje?

—Para nada. —Frunzo el ceño mirando el fuego de leña. Matthias dijo que prestara atención a los síntomas de una contusión—. Sabes, el doctor dijo que los golpes en la cabeza pueden causar cambios de comportamiento. ¿Tú...?

—Ah, siempre soy así. —Mueve una mano—. Mi cerebro pasa de una cosa a la otra y no puedo quedarme quieta. Bentley dice que soy débil mental.

—Bentley. —Gruño ante el nombre y ella se ríe suavemente. De inmediato se vuelve un sonido que anhelo escuchar una y otra vez.

—Suena a que lo conociste.

—No. Aún no.

Y no le gustará cuando lo haga.

—Te buscaré algo de Tylenol y de hielo para tu cabeza. Espera un segundo, bebé.

Ella gira la cabeza para seguirme con la mirada mientras voy a la cocina a buscar una bolsa de moras congeladas para su cabeza. Vuelvo con un vaso de agua, el Tylenol, y las moras.

Un oso inteligente sólo le pasaría sus cosas y se alejaría. Mantendría distancia de la humana atractiva.

Supongo que no soy un oso inteligente. Definitivamente soy un oso malvado. Porque me agacho junto a mi invitada y le aplico el paquete de moras yo mismo.

No es porque quiera otra respiración profunda de su aroma a miel. Definitivamente no es porque no me canse de su conversación animada o de sus trenzas rosas atractivas. Es más como si mi oso insistiera en cuidarla.

Aunque ahora estoy dividido entre levantarla y ponerla en mi regazo o aplicarle el paquete de hielo o hacerle la cena.

Pero esto es una locura.

Necesito alejarme. Dejar de tocarla. Mantener a mi oso bajo control. Me obligo a mí mismo a pararme y aclararme la garganta.

—Limpiaré el desastre de la cocina y te haré la cena.

—¿Necesitas algo de ayuda? —pregunta la humana dulce.

—No, bebé. Recuéstate en ese sillón y descansa —señalo con un dedo firme—. Órdenes del doctor. Y mías.

Juraría por Dios que sus muslos se cierran de pronto con mi tono, como si la excitara que me pusiera mandón.

Mi pene se pone duro por ella de inmediato y eso es antes de sentir el aroma dulce de su excitación.

Ay, maldición. Esta será una muy, pero muy larga noche.

* * *

Lana

Teddy limpia el enchastre de los huevos con un trapo mojado y luego usa una mopa real para terminar el trabajo. Para ser un gran hombre de montaña, es más que habilidoso con la mopa. Rápido y eficaz. Agraciado, a pesar de su tamaño.

—¿A qué te dedicas, Teddy?

—Piloto de helicóptero.

—¿En serio? —Me enderezo para mirarlo mejor con esa carrera en mente. Estaba imaginando que sería un leñador o un bombero paracaidista. Pero piloto también es sensual.

—Descansa. —Me señala con el dedo otra vez. Eso hace que mis músculos internos se tensen y que mi ropa interior se moje.

Como la CEO de mi propia empresa y multimillonaria, sin mencionar mujer de cuerpo grande, doy muchas órdenes. ¿Está mal que me excite un tipo que es más grande y fuerte y mucho más dominante que yo en cambio?

Sonrío.

—¿Qué te hizo elegir esa carrera?

Teddy se encoje de hombros.

—No la elegí. El ejército la eligió por mí.

—Ah, eres militar. Debería haberlo sabido con ese pecho ancho.

Teddy mira hacia abajo a su pecho con el ceño fruncido. Mueve la cabeza de un lado a otro.

—Ahora te alimentaré. Y luego te irás de regreso a la cama. A dormir temprano.

—Sí, Papi, —digo de forma sugerente. Puede ser mi papi cuando quiera. Todo el tiempo. Con rapidez.

Él levanta una ceja y yo junto las piernas para esconder mi temblor.

—¿Quieres huevos y salchichas? ¿O algo menos grasoso?

Saco la bolsa de moras congeladas apoyada contra mi cabeza.

—¿Puedo comer estas?

—Sí. Pero eso no es una comida.

Toma la bolsa y se dirige a la cocina. Después de buscar en las alacenas y en el refrigerador, regresa con un tazón de moras en lo que parece helado.

—Es leche. Mi mamá solía prepararnos esto. Moras congeladas en leche. El frío congela la leche y se vuelve violeta.

—Es delicioso. —Empiezo a comer la leche helada.

—Come despacio. Que no se te congele el cerebro.

Se sienta cerca y otra vez su peso en el sillón me hace inclinarme hacia él.

—Mi mamá solía darme helado cuando estaba enferma, —digo entre mordiscos—. Después de que conoció a Roger, estaban realmente ocupados, pero la niñera hacía lo mismo. Al menos así era antes de ir a la escuela pupila.

—¿Cuántos años tenías cuando tu mamá conoció a Roger?

—Tenía ocho. Bentley tenía diez. Mamá y Roger estaban muy enamorados y yo estaba feliz por ellos. Ella es actriz de teatro y él la eligió para un par de películas. Se conocieron en el set. Ella es realmente hermosa... quiero decir, *era* hermosa.

—Lamento mucho tu pérdida.

—Está bien. Mis padres no estaban super presentes en mi vida. He estado lamentándome por su pérdida desde que era joven, para ser honesta. Además, murieron haciendo lo que amaban. Volando a Cabo.

Las cejas de Teddy se bajan de pronto.

—¿Eso es un chiste?

—Em, sí. Algo así. —Dejo el tazón a un lado y me lamo los labios fríos—. ¿Tengo los labios azules?

—Violetas. —La mirada de Teddy se posa en ellos y él se inclina hacia adelante, cerca de mí—. Tienes un poquito de... —Su voz es grave y seria. Su lengua se mueve hacia afuera en dirección a mi labio inferior y yo inhalo—. Hielo allí, —explica.

Me inclino hacia adelante para presionar mi boca contra la suya, desesperada por el beso que pensé que venía.

Él se queja y toma la parte posterior de mi cabeza para mantenerme en mi lugar. Cuando me vuelve a besar, lo siento en todos lados: cosquilleos que giran y bailan por mi piel. Un latido entre mis piernas. Un temblor en mi clavícula.

Pero mi cabeza también late y me mareo. Me quejo de manera involuntaria y Teddy se hace hacia atrás.

—Perdón. —Tose—. Estás herida. No sé qué estaba pensando.

Por un terrible momento creo que se levantará y se irá, pero en vez de eso pone el tazón sobre la mesita y se gira hacia mí para que mis piernas estén colgando sobre las suyas. Supongo que ya no nos besaremos. Eso es decepcionante pero lo mejor. El latido en mi cabeza se calma con cada subida y bajada de su pecho.

Cuando empieza a hablar, su voz es tan grave y calma que me encuentro hundiéndome más en su abrazo.

—Cuando tenía siete, mi Ma nos adoptó a mi hermano y a mí.

Me quedo muy quieta y espero que me cuente más.

—Nuestra madre biológica nos tuvo de joven. No esperaba tener hijos. No sabía bien qué hacer con nosotros. Nos criaron en una camioneta, siempre viajando, acampando. Ella nos enseñó a vivir en la naturaleza. Luego un año decidió que teníamos la edad suficiente como para cuidarnos solos, así que nos abandonó aquí en la montaña Osos Malvados y se marchó.

Aprieto los labios para evitar quedar con la boca abierta. A mis padres también les gustaba viajar, pero contrataron a una niñera que cuidara de Bentley y de mí cuando viajaban en su jet. ¿Quién abandona a sus niños en el medio del bosque cuando apenas han terminado el jardín de infantes?

—Ella solía estar en una comuna con mi Ma en esta montaña, —continúa Teddy—. Así que pensó que estaríamos bien. Pero la comuna se disolvió. Sólo Ma seguía allí. Nos encontró durmiendo en una carpa rota. Nos convenció de ir a su cabaña con galletitas de chips de chocolate y nos hizo unas camas cucheta.

—Eso es... —No sé qué decir. Es horrible cómo los abandonaron a él y a su hermano. E increíble lo que hizo su Ma —. Me alegra que ella los encontrara.

—Sí, a mí también. En esa época, ella también adoptó a mi otro hermano, Matthias, cuando ambos de sus padres murieron. La cosa es que ella siempre había querido niños, pero no estaba en una relación. Después de eso adoptó trillizos. Nos recibió a todos.

Pestañeo para contener el calor detrás de mis ojos. Mi concepción de la Ma de Teddy va de Mujer Maravilla a Diosa.

—Matthias era el hermano bueno. Era siempre sensato. Darius y yo éramos medio salvajes. Siempre peleábamos. Creo que nos quitábamos la ira con el otro.

—Puedo imaginarlo. Teddy, eso es... —Todavía no sé qué decir—. No puedo creer que pasaste por todo eso.

—Sí. No hablo mucho de eso. O en general.

—Lo entiendo.

Él aprieta un poco mi rodilla sin pensarlo y yo pongo mi mano sobre su mano grande y áspera. Nos sentamos un rato así, de la mano como si fuera lo más natural del mundo. Como si no acabara de conocer a este tipo hoy en las circunstancias más extrañas.

Un bostezo se apodera de mí, es tan grande que me suena la mandíbula. Intento esconderlo, pero Teddy lo ve.

—Muy bien, bebé. Hora de dormir.

—¿Qué? ¿Ya? —El sol se ha puesto mientras hablábamos.

—Vamos. —Me levanta. Soy una chica grande, pero este vikingo gigante me levanta y me lleva sin esfuerzo. En serio, debe hacer fuerza de brazos con troncos. Pongo un brazo alrededor de su cuello y disfruto del paseo.

—Sabes, —le digo mientras me lleva hacia la habitación —. Podría acostumbrarme a esto. A que me lleves. Qué mal que me lo perdí la primera vez. Estando inconsciente y todo eso.

Él me baja despacio.

—Sí, acerca de eso. No te hubiera movido a menos...

—Ah no estoy enojada. Sólo lamento haberme perdido nuestro primer abrazo.

—¿Qué? No. No nos abrazamos.

—Sólo te molesto. Aunque estoy segura de que das buenos abrazos, aunque raspen un poquito. Porque, ya sabes, tienes barba.

Teddy inclina la cabeza y me mira fijo como si fuera algún tipo de criatura nueva y extraña.

—Tu barba es tan larga que parece que masticas rasuradoras y las escupes, —-Actuando por impulso, estiro la mano y toco el pelo crecido en su mentón—. Uhh, es suave. No lo esperaba. Ya sabes, por tu cara de asesino.

—Bueno, suficiente. —Toma mi mano pero no tira—. Necesitas descansar.

—Buenas noches, vikingo. —Le vuelvo a acariciar la mandíbula—. Duerme bien, barba de vikingo.

Él pone los ojos en blanco y señala el baño.

—Hay un cepillo de dientes nuevo que está en su paquete en el cajón junto al lavamanos. Toma lo que quieras de mi armario; si dejas cosas fuera de la habitación, las pondré para lavar para que estén listas por la mana. Llámame si me necesitas.

El cepillo está justo donde dijo que estaría. Abro el armario con emoción y tomo un par de bóxeres suaves y gastados y una camiseta para dormir. Y mierda que son lo más cómodo que me haya puesto. Los bóxeres hacen que mi trasero luzca lindo, así que me gustan.

A olvidarse de los camisones y la ropa cómoda. La nueva línea que diseñé para DiosaIndumentaria™ será ropa estilo novio. Perfecta para que tu hombre la use y para que tú la robes.

Una vez vestida, abro un poco la puerta y miro hacia la cabaña oscura. Me lleva un momento ver a mi vikingo. Está agachado cerca del hogar, avivando el fuego.

Camino hacia él y apoyo mi pila de ropa sucia en la mesita del café.

—¿Teddy? ¿Dónde dormirás tú?

—En el sofá.

¿Siquiera entra en el sofá?

—Pero...

—Estaré bien, bebé.

Tengo en la punta de la lengua pedirle que me arrope,

pero ya he tomada prestada la ropa de este hombre y me he robado su cama, así que dejo la puerta abierta y me acomodo en su cama. Las almohadas tienen el olor de Teddy. Nunca me ha atraído el olor de un tipo antes, pero el de Teddy es divino. Fresco de montaña, algo herbal como romero y sal del sudor. Del buen sudor que viene de correr un largo rato en el bosque, seguido de una maratón de sexo épico.

Y ahora estoy excitada. Olviden eso, he estado excitada desde nuestro momento en el sillón. El sillón en el que Teddy está intentando entrar ahora...

Volteo hacia la izquierda, luego a la derecha. No logro estar cómoda. Si yo no estoy cómoda, Teddy debe estar sufriendo también.

—¿Teddy?

—Estoy aquí. —Su voz está mucho más cerca de lo que esperaba, y viene de justo al otro lado de la puerta—. No estás durmiendo.

Su sombra está en el umbral de la puerta. Estiro mi mano hacia él y entra para tomarla. Se mueve de forma silenciosa para ser un tipo tan grande.

—No me siento bien, —digo.

—¿No?

Cierro los ojos y recuerdo mis afirmaciones diarias. *Sé valiente. Pide lo que quieres.*

Me aclaro la garganta.

—Tengo fiebre. Y la única cura son más abrazos.

—¿Así es, bebé? —Su cabeza está inclinada, pero escucho la sonrisa en su voz.

—Sí. Es así.

—Muy bien. Muévete un poco.

¡Vamos!

Su peso hunde la cama y él me pone donde me quiere,

frente a él, de costado mirando hacia el armario. Su cama es grande, pero Teddy también lo es, y para que ambos quepamos tiene que envolverse a mi alrededor.

Lo que no es un padecimiento. Para nada. Cambiaría todas mis citas con novios bobos de la secundaria por un abrazo de diez minutos con Teddy.

—¿Esto es cómodo? —me pregunta.

—Sí. Das buenos abrazos. —No puedo evitar moverme emocionada. Después de algunos segundos de retorcerme, Teddy me toma con más fuerza.

—Basta de eso.

—Bueno.

Intento dormirme, pero no puedo dejar de reírme. Su suspiro sopla contra mi nuca.

—¿Ahora qué sucede?

—Sólo estaba pensando. Eres tan grande que tienes tu propia atracción gravitacional. Siempre que te sientas a mi lado, me caigo contra ti.

Silencio.

Espero que me responda y me pongo nerviosa cuando no lo hace.

—¿Eso está bien, no?

—Sí. Ahora vete a dormir.

Tan mandón. Pero es cálido y me sostiene como quiero, así que en vez de discutir hago lo que dice.

Capítulo Cuatro

Teddy

A las seis de la mañana en punto abro los ojos. Hay un petirrojo afuera de mi ventana chillando a más no poder. Está más que emocionado porque es primavera e intenta atraer a una pareja y hacerlo.

Yo también, pájaro loco. Yo también.

Lana está cálida, durmiendo arropada junto a mi cuerpo. Pasamos la noche juntos y sólo me fui dos veces; una fue a revisar el perímetro y otra a poner su ropa húmeda en la secadora. Dormí con vaqueros, pero mi miembro está dando lo mejor para agujerear el denim y acomodarse en la hendidura muy pero muy dulce del trasero de Lana.

Con un gruñido, me alejo de su perfecta sensualidad y me quito las mantas. Tengo el pene tan duro que camino con las piernas tiesas hasta el baño y cierro la puerta. Unos minutos de acariciarlo, de imaginarle las curvas gloriosas de Lana y derramo todo sobre mi mano como un adolescente.

Pero cuando abro la puerta y me viene de lleno el aroma a miel de Lana, mi miembro vuelve a ser de acero otra vez.

Ni siquiera me saqué un poco las ganas, pero tendrá que ser suficiente.

Salgo hacia el amanecer frío y veo el teléfono. Envío un par de mensajes; uno a mi hermano Matthias para decirle que su paciente tuvo una buena noche y que debería venir a revisarla. Otro a mi amigo Rafe Lightfoot en Taos. Rafe es el alfa de la manada de lobos Black Él y toda su manada estuvieron en mi unidad en el ejército y ahora tienen una operación secreta que les permite hacer misiones encubiertas en su tiempo libre. Si ellos no pueden encontrar al idiota del hermanastro de Lana, nadie podrá.

Tomo la mochila de Lana para sacar su licencia de conducir y le mando una foto a Rafe. Lana sigue durmiendo y su respiración es normal. Es probable que no despierte por un rato, pero que cuando lo haga tenga hambre. Necesito algunos suministros. Por suerte el Centro Comercial Osos Malvados abre ni bien amanece.

De camino a la ciudad, Matthias me devuelve la llamada.

—¿Cómo está la paciente? —Mi hermano doctor suena alerta para ser tan temprano. Él es como yo, madrugador.

—Está sanando.

—¿Recuerda algo?

—No lo sé.

—Le envié un mensaje a la sanguijuela de Las Cruces. Estará preparado.

Muestro los dientes. Ese es el mismo vampiro que le borró la mente a Tiffany. De lo que recuerdo, disfrutaba la ironía de vivir en una ciudad llamada «Las Cruces». El humor de las sanguijuelas es raro.

—Entre antes lo hagamos, menos recuerdos tendrá para tomar, —continúa Matthias. Suena tan práctico. Quiero pegarle.

La idea de borrarle la mente a esta hermosa mujer que está en mi cama me enferma. ¿Y si le hace mal? ¿Si cambia la forma en la que piensa o su personalidad alegre? Podría transformarla en otra persona. Podría arruinarle la vida.

Y con algo de egoísmo, no quiero que se olvide de mí.

Pero la alternativa es peor.

—¿Cuántas posibilidades hay de que simplemente se olvide de lo que vio?

—El serum sanador que le di es poderoso. Tarde o temprano lo recordará todo.

Mierda.

Matthias deja que el silencio se alargue. Cuando está claro que no diré nada, me pregunta,

—¿Quieres que lo haga yo? Después de mis pacientes de hoy, podría recogerla y llevarla.

—No. —Resoplo y me preparo para sacarme de la cabeza la imagen de Lana acostada en paz en mi cama. La tuve en mis brazos por una noche. Tendrá que ser suficiente —. Cuando sea hora de borrarle la mente, lo haré yo mismo.

* * *

Lana

Una vez más, las cortinas lindas me dan la bienvenida ni bien abro los ojos. Los osos bailan en la brisa y dejan entrar la luz fuerte de la mañana. Me siento como si me hubiera pasado por encima una aplanadora, pero en el buen sentido. No tengo un dolor fuerte de cabeza y estoy mareada como si hubiera pasado la noche en un sueño profundo.

Estoy sola, pero hay hendidura del tamaño de un hombre montaña en la cama a mi lado. Es la evidencia de que Teddy pasó toda la noche junto a mí. Debe haberse levantado temprano para dejarme dormir.

—¿Teddy? —Salgo de la cama, bostezando. Sigo en sus bóxeres y camiseta, pero mi ropa recién lavada mágicamente aparece a los pies de la cama. La mañana está fresca, así que me pongo mis pantalones rosas. Cambio la camiseta por mi camisola y tomo una camisa escocesa para cubrirme los brazos. Las mangas cuelgan sobre mis muñecas hasta que las enrollo, pero no puedo cerrarla por encima de mis pechos. Si me quedo aquí mucho tiempo más, necesitaré ropa.

¿Y cuánto tiempo estaré aquí? Ayer estaba inconsciente, pero debería pensar en cómo encontrar a Bentley y salir de esta montaña. Dejar de molestar a Teddy. Al menos necesito arreglar mi teléfono y cargarlo.

La cabaña está vacía. No hay señales de Teddy en la cocina o en la sala de estar. Al menos no hay un oso. No estoy segura de estar dispuesta a espantar uno antes del café. O en esta vida.

Salgo de la cabaña. Sin un helicóptero que aterrice en la pradera, los pastizales y las flores silvestres son tan lindas como en una postal. Tomaría una foto si mi teléfono no estuviera tan roto como mi cabeza.

Dios, he pasado por mucho en las últimas veinticuatro horas. Escalé una montaña, me golpeé la cabeza, perdí a mi hermanastro, me rescató un hombre sensual de montaña y me instaló en su cabaña... Hay demasiado si quiera para contarlo. Los abrazos de Teddy fueron lo mejor. Mi herida de la cabeza y olvidarme de lo que pasó fue lo peor. Ver osos, incluyendo al que robaba comida del refrigerador de Teddy, está en el medio.

También me preocupa mi hermano. Estaría más frenética acerca de encontrarlo si por dentro no creyera que simplemente me abandonó y bajó la montaña sin mí. Le daré el beneficio de la duda y asumiré que se fue antes de que me golpeara la cabeza.

Hmmm.

Todos estos pensamientos son oscuros y es un día hermoso. Estoy en un campo lleno de flores alegres. Pasé la noche en los brazos de un hombre de montaña. Por ahora, puedo fingir que estoy de vacaciones. Lidiaré con el resto más tarde.

Entro más profundo en el campo y me tapo los ojos del sol. Podría intentar hacer un montaje como en *La novicia rebelde* con vueltas y todo, pero puede que eso no sea bueno para mi cabeza, así que me conformo con un paseo lento siguiendo un camino por los pastizales hacia los árboles. Más allá de los árboles, hay una fila de cajas de madera. Doy un par de pasos más y escucho un sonido de tarareo. Abejas. Las cajas son colmenas.

Hay una figura en la sombra que se mueve entre ellas. Me cubro los ojos, a punto de llamar a Teddy, cuando la figura se pone a la luz.

Es un oso, el más grande que haya visto. Su pelaje está tapado por las sombras, pero sus patas claramente sostienen la parte superior de la colmena y la ubican, llena de abejas, en otra colmena. Las abejas zumban en el aire alrededor de la cabeza del oso. Algunas aterrizan sobre su piel, pero no parecen enojadas. Los movimientos del oso son lentos y tranquilos mientras mueve las cajas con las colmenas.

Me froto los ojos. ¿Esto en serio está sucediendo? Me detuve antes de llegar a los árboles, sin poder caminar, sin querer correr y llamar la atención del oso hacia mí.

El oso me ve de todos modos y se para en sus patas traseras. Sigue en la sombra, así que no logro ver si es marrón o negro o grolar. Aunque el color de su pelaje no importa. Si el oso quiere comerme, estoy muerta de todos modos.

Por un largo rato, el oso y yo nos miramos fijo con las abejas zumbando entre nosotros.

El oso mueve una pata gigante hacia mí y se pone en cuatro patas para salir corriendo hacia el bosque detrás de las colmenas.

Me apoyo contra un tronco. Teddy tiene razón. Debo haberme golpeado la cabeza más fuerte de lo que pensé.

—¡Lana! —Teddy sale disparado desde atrás de la cabaña.

—Teddy, —digo débilmente.

Él me alza y volvemos a la cabaña.

—No puedes estar aquí afuera, es peligroso.

—Lo sé. —Tomo su cuello con fuerza. Su barba roza contra mi frente y se siente perfecta.

Una vez que volvemos a la cabaña, me recupero de la sorpresa.

—Acabo de ver a un oso intentando sacar miel de las colmenas de allí atrás. Deberías haberlo visto, Teddy. Era diferente de los demás. No vi su pelaje, pero era gigante. Tendría que ser un oso grolar.

Teddy gruñe y me apoya en el sofá.

—¿Estás bien?

—No estoy herida.

Él me está tocando, así que tomo sus manos.

—Esto es increíble. No entiendo cómo alguien no hizo ya un programa de naturaleza sobre esta montaña.

Teddy se aleja.

—Ningún programa. Nos gusta nuestra privacidad.

—Lo entiendo. Pero es una pena que nadie haya hecho un documental. Este lugar es un tesoro nacional. Es casi como si los osos de aquí actuaran como humanos.

Teddy ha caminado hacia la puerta. Él la cierra y se para en las sombras, frotándose la nuca.

—¿Estás bien? —Le pregunto.

No me responde. ¿Fue algo que dije?

Es extraño, puedo dejar que el rechazo de Bentley no me importe, pero el de Teddy me molesta. Me llevo las rodillas al pecho.

La cabeza de Teddy está inclinada, pero siento su nerviosismo. Debe haber sido algo que dije. O hice.

—Probablemente debería irme. Dejar de molestarte. Volver a lo mío.

—No, —me grita.

—¿No? —Lo miro sin entender.

Él vuelve a mi lado tan rápido como se fue. Una vez que se acerca, no parece saber qué hacer así que toma la manta y la envuelve a mi alrededor.

—Necesitas quedarte aquí y descansar. —Su tono gentil me relaja.

—Creo que descansé bastante. Debería al menos hacer un plan para hoy. ¿Tienes un teléfono que pueda usar? ¿Un cargador de iPhone?

—¿Por qué?

—Para hacer unas llamadas. Comunicarme con el trabajo. Ver cómo está todo.

Sobre todo debería ver qué le sucedió a Bentley. —Me siento como una mala hermana, recostada mientras él podría estar perdido en la montaña. O peor. ¿Y si él también se golpeó la cabeza?

—Él no está en la montaña. Hice que Matthias y mis hermanos buscaran en toda la montaña para encontrarlo. Si está aquí, está bien escondido. Es más probable que se haya ido. Tengo un equipo que está intentando localizarlo.

—¿Un equipo? Eso suena serio.

—Perdón, bebé, no quiero asustarte. Es probable que esté bien.

—Sí, probablemente lo esté. Quizás nos peleamos antes de golpearme la cabeza y por eso me dejó.

Teddy abre la boca, luego la cierra y me aprieta la mano.

—Sí. —Se aclara la garganta—. Podría ser eso.

—Bentley siempre ha sido duro conmigo. Parece que lo pone nervioso el hecho de simplemente exista. —Me encojo de hombros porque por mucho que no quiera que eso sea verdad, por mucho que me gustaría que no lo fuera, cuando soy honesta conmigo misma, sé que es así. Igual puedo verle el lado positivo ahora—. Bueno, al menos puedo llegar a la ciudad y encontrar la forma de cargar mi celular. O arreglarlo. No estoy como para subir a la cima, pero una caminata lenta hacia un lugar donde pueda tomarme algo... —Dejo de hablar porque Teddy está negando con la cabeza—.

¿O tienes un coche que pueda tomar prestado? Soy buena conductora.

—No hay coche.

—¿Una bicicleta? ¿Un burro? ¿Un carrito de golf adaptado con llantas de cuatriciclo?

Sigue negando con la cabeza.

—Nop.

—Ah bien, supongo que tendré que caminar. —Me levanto y me paseo hasta la puerta, poniendo algo a prueba.

No llego a más de dos metros del sofá antes de que Teddy me levante y me arrastre hacia atrás.

—Justo como lo sospechaba. —Planto un dedo en su pecho. Sus pectorales están tan firmes que se dobla—. No quieres que me vaya.

—Estás herida, —gruñe.

Tras años de la crueldad de Bentley y de la indiferencia de mis padres, su preocupación me hace derretirme toda por dentro. Y aviva mi sol interno. Mis células parecen emanar luz mientras me abrazan los brazos de este vikingo hermoso. ¿Cómo tuve tanta suerte? En serio, ¿qué sucedió?

—Soy una mujer importante. Tengo cosas que hacer.

Lugares en dónde estar. —Lo empujo un poco coqueteando, dividida entre querer ser productiva y querer quedarme justo aquí en sus brazos para siempre, pero él no cede—. En serio, Teddy, ¿cuánto tiempo crees que puedes tenerme aquí? —Lo miro seria, realmente mirando sus ojos y preguntándome quién es este vikingo amable y dónde ha estado toda mi vida.

Sus ojos muestran un color brillante. Está allí un momento, y de repente se ha ido. Debe ser un truco de la luz.

—Todo el tiempo que quiera.

Todo. Sí, eso funciona para mí. Veamos si realmente habla en serio.

—¿Ah, sí? Eso lo veremos. Mientras le sostengo la mirada, giro y «accidentalmente» pongo mi espalda contra su regazo y me muevo hasta que él gruñe y toma mis caderas.

—Lana, —me advierte.

—Vikingo, —respondo y mi centro se tensa tanto que debe sentir cómo responde mi cuerpo. Me muerdo el labio, esperando que así sea.

Él me pone boca arriba sobre el sofá y se inclina encima mío con su mano apoyada junto a mi cabeza.

—No te irás. Lo digo en serio.

—No puedes detenerme, —susurro como respuesta, encantada por este juego nuevo.

—Pruébalo. —Él apoya su peso encima de mí, no todo, pero el suficiente como para mantenerme en el lugar y dejarme sentir su erección, que parece una aguja gigante de brújula que me indica el norte verdadero. El cielo.

—Correré cuando no estés mirando.

Él se acomoda junto a mi rostro. Su barba raspa deliciosamente mi mejilla suave.

—Te ataré a la cama.

Mi interior se tensa.

—Puede que me guste. —Mi voz sale con dificultad.

—¿Ah sí, bebé? Entonces tendré que pensar en otras formas de castigarte.

O. M. G.

—¿Lo prometes?

Él baja la cabeza y me besa. El calor se desata entre nosotros. Su mano está debajo de mi muslo, masajea, promete tocarme de otras formas. Lo agarro y lo empujo hacia abajo. Quiero todo su peso encima de mí. Puede que eso deje una marca permanente en el sofá, pero valdría la pena.

Estoy aturdida, acomodándome debajo de Teddy para frotar mi mitad baja contra él cuando me hace ruido el estómago.

Teddy deja de besarme y frunce el ceño.

—¿Puedes ignorarlo? —Le pregunto, incluso cuando mi estómago vuelve a sonar—. ¿Por favor?

—No puedo. —Me da un último beso rápido en la boca y se baja del sofá—. Necesito alimentarte.

Lo busco mientras me quejo y él toma mis manos, besa las palmas y se levanta.

—Primero el desayuno.

—¿Desayuno?

—Sip, me levanté temprano para buscar provisiones.

—Entonces ahí estabas. Te estaba buscando.

—Lo siento, bebé. No pensé que fueras a levantarte antes de que regresara —Me toca la nariz y vuelve a la cocina, donde ha aparecido un nuevo grupo de bolsas. Comida. Las provisiones que fue a buscar. ¿Para mí?—. La próxima vez, te dejaré una nota.

¿La próxima vez? Envuelvo los brazos a mi alrededor en

un abrazo de mariposa y muevo la cabeza para esconder mi sonrisa.

Teddy camina por la cocina y saca huevos y leche; prepara una gran plancha de hierro que cubre la mitad de las hornallas superiores.

Me acerco más y disfruto de la vista de un gran Vikingo doméstico.

—¿Puedo ayudarte?

—Nah, puedo solo.

Me acerco a la puerta y me quedo en el escalón. No soy muy rápida, pero si me quedo muy callada quizás pueda escaparme...

Es una prueba. En realidad no quiero irme, pero me da curiosidad saber qué tan lejos llevará su amenaza el vikingo para mantenerme aquí.

Mi pie choca con una tabla que cruje.

—Ni siquiera lo piense, —dice Teddy sin levantar la vista.

Giro y me llevo las manos a la cadera.

—¿Eso es todo? ¿Sólo soy tu prisionera?

—Sip. —Él se ríe. Lo está disfrutando demasiado.

Lo miro entrecerrando los ojos. No quiere que me vaya y no me dice por qué. No intentó nada anoche, por más que me decepcione bastante.

Aunque admito que probablemente no habría salido bien con mi dolor de cabeza.

—Siéntate, —me ordena y obedezco, volviendo al sillón. Aunque podría haberme escapado, Teddy es realmente rápido. Me atraparía antes de cruzar la pradera.

Teddy choca ollas y sartenes en la cocina.

—Te estoy haciendo panqueques. ¿Te gustan?

—A todos les gustan los panqueques.

—Y tocino. —Saca dos paquetes de papel marrón envueltos con hilo de carnicería—. Tengo kilos de tocino.

—Eso es mucho tocino.

—A todos les encanta.

Me toco el vendaje de la cabeza.

—Igual debería estar haciendo planes para irme. Al menos encontrar algún lugar que arregle mi teléfono. O lo cargue.

—No.

—¿Por qué no?

—Porque el doctor dijo que necesitabas descansar.

Hmmm. Podría estar preocupado por mi golpe en la cabeza. O podría tenerme aquí por algo más. Además de lo que arde entre nosotros.

Está bien. Simplemente lograré no ser bienvenida. Hora de que comience la Operación Molestar a Teddy.

—Bueno, ahora es un buen momento para decirte que soy vegana.

Teddy levanta la cabeza desde la mesada en donde está desenvolviendo el tocino.

—¿En serio?

—Ah sí. Sin excepciones.

—¿Ni siquiera tocino?

Me hace ruido el estómago. En un minuto estará friendo tocino y yo no podré resistirme.

—Excepto el tocino, —me corrijo y pienso mucho acerca de los ingredientes de los panqueques, ya que dije que los comería—. Y la leche. Y la manteca. Y el polvo de hornear. ¿El polvo de hornear es un producto animal? —Y a veces algún ojo de bife—agrego, sólo para estar a salvo. Si Teddy cocina bifes, no rechazaré mi porción.

—Entonces lo que estás diciendo es que eres mala como vegana.

Separo las manos en un gesto de «qué se yo».

—¿Ves lo molesto que será tenerme aquí?

—Tú dices *molesto*. Yo digo *tierno*.

—¿Tierno? —Me pongo los puños en la cadera, pero por dentro estoy gritando.

—Mhmmm. —Vuelvo a preparar el desayuno.

—Bueno, quizás piense en alguna forma de ser una mala invitada. Los osos no me llegarán a los talones.

Él me señala con la espátula.

—Sigue así y te daré nalgadas antes de atarte a la cama.

Todo el aire se sale de la habitación. Lucho por respirar y finalmente encuentro el oxígeno para chillar.

—¿Lo prometes?

—Lo sabes, bebé. —Me mira desde la otra punta de la habitación de una forma que me hace retorcerme. Todo el agua de mi cuerpo se dirige al lugar entre mis piernas para humedecer mis bragas.

Me tiro rendida sobre el sofá y pongo un almohadón sobre mi rostro. Me esconderé aquí hasta recomponerme.

Teddy sonríe mientras está ocupado en la cocina. Parece creer que ganó. Parece que ser una huésped molesta no funcionará.

Maldita sea, ¿realmente me está secuestran un tipo sensual? ¿Sólo me está tratando bien y seduciéndome para que luego me despierte atada a la cama y él sea Kathy Bates en *Misery* conmigo? Si este hombre apuesto sólo me conquistará y me tendrá secuestrada para poder matarme y comerme luego, estaré tan enojada.

¿Espero que sólo sea algo mandón y esté preocupado?

Me muerdo el labio y pienso en la situación. Nada acerca de él se siente extraño. De hecho, todo me hace pensar que es completamente seguro.

Quizás pueda esperar otro día. Descansar y recuperarme y luego arreglar mi teléfono y encontrar a Bentley.

O sea, no me molestaría otra oportunidad de estar en posición horizontal con mi vikingo sensual. Mi libido está de acuerdo con este plan. Después de desayunar, comenzará oficialmente la Operación Acostarme con Teddy.

Capítulo Cinco

Teddy

Un golpe seco en la puerta me hace girarme, pero sólo es Matthias.

—Hola. Mi hermano entra y agacha la cabeza por el techo bajo. —Veo que la paciente se está sintiendo mejor.

—Hola. —Lana lo saluda con la mano.

De repente me encuentro entre ella y mi hermano.

Detrás de mí, Lana se asombra.

—Guau, Teddy. Te mueves tan rápido.

Las cejas de Matthias se unen.

Lo volví a hacer. Estoy perdiendo la compostura frente a una humana. ¿Qué está pasando?

—¿Teddy? —pregunta mi hermano. Pasa a mi lado y un gruñido espontáneo se aloja en mi garganta.

Mía. Dice mi oso. *Pareja.*

Mierda.

* * *

Lana

Teddy está en algún tipo de pelea de miradas con el hombre alto que acaba de entrar. El que entró está bien afeitado, lleva pantalones holgados y una camisa y una gran maleta de cuero negro. Parece un misionario que va de puerta en puerta.

—¿Teddy? Algo anda mal conmigo. No me gustan los doctores y me siento algo asustada después del pequeño incidente con el oso en la cocina; quiero a mi vikingo cerca. Le ofrezco una mano y él se acerca, poniéndose en el sofá a mi lado.

—Está bien, —dice—. Lana, él es el doctor.

El hombre alto me mira con ojos de búho a través de sus lentes redondos.

—¿Lana? Soy Matthias, —dice con voz grave—. Te revisé antes.

—Gracias, —susurro. Me late fuerte la cabeza. Me pongo más cerca de Teddy.

El doctor sigue todos mis movimientos.

—¿Te sientes bien?

—Le duele la cabeza, —dice Teddy en voz alta. Él me pasa a su regazo—. Está bien, bebé.

Me encanta que me llame bebé. Me hace sentir cálida y pegajosa como una galleta de chips de chocolate recién horneada.

—Estoy bien. —Descanso contra el calor de Teddy y le ofrezco a Matthias una sonrisa valiente—. Sólo que no soy fanática de los doctores.

—Entendible. —Matthias apoya su bolso sobre la mesita de pino—. Yo tampoco disfruto mucho de ir al doctor.

—Matthias es mi hermano, —murmura Teddy en mi oído.

—Ah. —Miro el rostro bronceado de Teddy y a Matthias, que es un par de tonos más oscuro que yo.

—Somos adoptados, —dice Matthias.

—Ah sí. Son seis, ¿verdad?

Teddy se encoje de hombros.

—Siete u ocho.

—¿Siete u ocho? —Estiro el cuello para mirar sus ojos grises—. ¿No estás seguro?

—Somos tantos que pierdo la cuenta. Los trillizos son idénticos. Eso lo hace más difícil.

Lo miro boquiabierta.

—Es una broma, Lana.

—Claro, —murmuro. Miro con dificultad a Matthias suplicando y lo descubro quitando una sonrisa de sus labios.

—Teddy, no es está bien bromear con alguien que tiene un golpe en la cabeza, —lo reta.

—Eso, *Teddy*. —Me muevo sobre el regazo de Teddy intentando ponerme cómoda. Él me detiene con sus brazos, sus bíceps grandes me sostienen. Toco uno para chequear su firmeza. Justo lo que pensé, sus músculos están rígidos sin necesidad de que los flexione.

Cuando levanto la mirada, tanto Teddy como el doctor me están mirando fijo.

—Sólo revisaba algo, —les digo. —Em, continúa.

—Sólo quería revisarte la cabeza. —Matthias se sienta en la mesita que está frente a mí—. Nada demasiado invasivo, te lo aseguro. Mientras estabas inconsciente ayer, te limpié el corte y revisé tus pupilas. Me gustaría revisar tu cabeza para ver los moretones. Si todo está bien, no dolerá.

—Bueno. —Me quedo quieta.

Matthias siente la parte superior de mi cabeza y me hace preguntas cuando me quejo. Pone una luz en mis ojos y dice que mis pupilas están bien.

—No hay señales de sangrado interno. Y el corte de tu cabeza se está sanando.

—Eso es bueno. —Me estoy moviendo otra vez. Es como si hubiera un gran tronco en sus pantalones y... *Ah.* Dejo de mecerme sobre su miembro. Teddy se inclina hacia atrás y me lleva con él, poniéndome en la curva de su brazo fornido.

—Creo que te recuperarás del todo. Con descanso, —dice Matthias—. No hagas movimientos excesivos por hoy y tampoco actividad exigida por un tiempo.

—¿Entonces no puedo hacer senderismo? —Pregunto por ser descarada.

—Hoy no.

Mierda. Debería pensar qué hacer. Mi celular está roto y debería hacer que lo arreglen y comunicarme con mi personal, pero todo lo que quiero es acurrucarme contra Teddy. Hay algo tan reconfortante en la idea de quedarme y descansar. Como si ahora que Matthias me dio la excusa, estuviera contenta de utilizarla.

—¿Hay algún lugar donde pueda pasar la noche?

—Aquí, —dice Teddy fuerte, y me sobresalto—. Te quedarás aquí.

—¿Puedes quedarte un par de días? —Pregunta Matthias.

—Supongo. Me tomé una semana.

No es que realmente quisiera no usar el correo una semana, pero tal vez me haga bien. Puedo pensar en más ideas para la edición limitada de pijamas y ropa de cama «Osos Malvados». ¿Cuál es la ventaja de ser CEO si mi equipo no puede lidiar con las cosas en mi ausencia?

—Entonces está resuelto. Te quedarás aquí. —Teddy me aprieta la rodilla

Matthias nos da la espalda para guardar los elementos en su bolso médico, pero su mejilla está curvada como si se estuviera riendo silenciosamente de nosotros.

—Gracias por la revisión, Doc. —Estiro el cuello hacia Teddy—. Debe ser lindo tener un profesional médico en la familia.

Teddy gruñe.

—Es útil cuando mis hermanos necesitan que les acomoden un hueso después de una pelea.

Exhalo asombrada.

—Bromea, —me asegura Matthias, pero Teddy luce serio.

—Siempre quise hermanos, —digo—. De cualquier tipo en realidad. Mi hermanastro y yo nunca nos llevamos bien. Lo intenté, pero... creo que nuestros padres querían que fuéramos más cercanos... por eso nos enviaron a la montaña juntos.

—Matthias seguirá buscando a tu hermanastro. —Teddy le da una mirada amenazante a Matthias que no logro interpretar.

—Así es. —Matthias se aclara la garganta—. Y podemos comunicárselos al resto de los hermanos.

—¿Viven todos aquí en la montaña?

—La mayoría, sí, —dice Matthias—. Yo tengo mi propia cabaña cerca de donde crecimos.

—Llamé a Matthias ni bien te traje aquí. Él es quien buscó tu mochila. Le dije que era imposible no verla.

—Porque es rosa. —Levanto una de mis trenzas y sostengo la punta color flamenco hacia arriba frente al rostro de Teddy—. Mi color preferido tiene sus usos.

Teddy niega con la cabeza, así que toco su barca con el extremo de mi trenza para ver qué hace. Me deja hacerle cosquillas debajo del mentón por dos segundos antes de capturar mi mano y presionarla contra su pecho.

Vuelvo a mirar a Matthias y fijo que mi rostro no se sonroja.

—¿Por casualidad viste una urna allí arriba?

—La vi, —dice Matthias después de mirar a Teddy—. Estaban los pedazos. Lo siento, Lana.

—Se debe haber caído. —Intento frotarme la frente y recuerdo que está vendada—. ¿Estaba vacía?

Matthias asiente.

—Entonces debemos haber llegado a la cima. —Intento pensar y me recompensa un dolor agudo en la cabeza—. Auch.

Matthias se dirige a la cocina y vuelve con un vaso de agua, Tylenol y más moras congeladas.

Teddy me frota la espalda mientras tomo la medicación.

—Tranquila, bebé. No tienes que lidiar con eso hoy. —Él sostiene con delicadeza la bolsa fría contra mi nuca.

Me relajo contra ella.

—Tienes razón. Vikingo inteligente.

—¿Vikingo? —Matthias tose para disimular la risa.

—¿No tienes que irte a algún lado? —Le dice Teddy a su hermano de mala manera.

—En realidad no, pero me iré. —Matthias se cuelga el bolso sobre el hombro—. Daisy te manda saludos, por cierto. Quiere hablar contigo antes de la próxima reunión de ayuntamiento.

—¿Daisy? —Pregunto.

—Nuestra alcaldesa, —responde Matthias—. Tiene ochenta y nueve casi cincuenta.

—Un grano en el culo, —murmura Teddy.

—Ey. —Le vuelvo a pinchar los bíceps. Se sienten tan firmes que lo repito—. Eso no es muy lindo.

—Díselo, Lana, —Matthias se pasea hasta la puerta, que se ha abierto de nuevo con la brisa—. Ah, Teddy...

Teddy juega con mis trenzas mientras lo pincho como venganza.

—¿Qué sucede?

—Tienes que venir a ver esto.

Teddy se pone tenso y mueve la cabeza hacia la puerta. Me siento. Yo también lo escucho; el ruido distante y rítmico de las aspas de un helicóptero.

—Quédate sentada, bebé. —Teddy me pasa con cuidado al sillón y camina rápido hacia la puerta con Matthias.

Dejo las moras congeladas en un tazón decorativo sobre la mesita y los sigo, demasiado curiosa como para quedarme atrás. Cuando llego a la puerta, una correntada la abre de un golpe.

Un helicóptero vuela sobre la pradera verde frente a la cabaña de Teddy. El polvo vuela, los pinos sacuden sus ramas y las flores silvestres se aplastan cuando baja.

Me llevo las manos a los oídos y me agacho para evitar el viento. Teddy voltea y me abraza, cubriendo mi cabeza con una mano protectora.

El helicóptero apenas ha aterrizado cuando un hombre grande con un maletín negro sale de la parte de atrás y saluda al piloto que se retira. Camina lento hacia la cabaña mientras el helicóptero despeja y se aleja volando. Entrecierro los ojos pero no reconozco al recién llegado. En su traje y lentes negros, parece uno de los Hombres de Negro.

—Hermano, —dice el hombre.

Tiene cabello rubio, un corte un poco más largo que el de Teddy y despeinado por el viento del helicóptero. Su barba está afeitada con una precisión quirúrgica sobre la línea de su mandíbula marcada.

El hombre de negocios rubio se quita las gafas de sol y me quedo sin aliento. Quitando el traje, el corte de pelo costoso, y agregándole ropa gastada y una barba desprolija, sería la imagen en espejo de Teddy.

Él apoya el maletín y abre los brazos.

—¿Me extrañaste?

Presionada contra el pecho de Teddy, siento cómo su gruñido vibra en mí. Él me mueve a un costado con cuidado.

—Teddy, —le advierte Matthias, pero Teddy ya está saliendo disparado por la puerta y cruzando la pradera hacia su doble.

Me pongo más cerca de Matthias.

—¿Es uno de los trillizos?

Teddy no dijo que era uno de tres, pero puedo haberme confundido.

—No. Ese es el gemelo de Teddy.

—Darius, —gruñe Teddy. Él ronda a su gemelo. Con hombros encorvados y manos junto a su cuerpo, parece un luchador que rodea a su oponente.

—Theodore. —Darius, el gemelo, guarda sus gafas en su bolsillo—. ¿Cómo anda todo?

—Bien. No gracias a ti.

—¿Matthias? ¿Y... hola? —Una sonrisa aparece en el rostro de Darius cuando me ve.

Teddy se interpone entre Darius y yo y me tapa de la vista de su gemelo. Con ellos cara a cara, tengo la oportunidad de notar más diferencias. Teddy tiene más tatuajes. Darius luce como si estuviera listo para la sala de reuniones, Teddy como si acabara de venir de una carrera de ciclismo.

—¿Qué estás haciendo aquí? —Gruñe Teddy.

—Vine a ver cómo estaban las cosas.

—A la mierda con eso. Llama a tu piloto para que regrese y te saque de aquí, mierda.

—Theodore, —Darius se ríe frente a la ira de Teddy. Tomo nota de nunca llamar a Teddy «Theodore». Darius es muy valiente o muy tonto como para seguir haciendo esto—. Mi piloto está a mitad de camino a Santa Fe en este momento. Pensé que tú podrías darme un aventón. ¿O los Paseos de Helicóptero de Teddy ya murieron?

Teddy se mete las manos en los bolsillos.

—Estamos en un impase.

—Qué pena. —Darius está sonriendo—. Podría haberte mandado bastantes clientes. Quizás hasta contratarte para mí mismo. Si me dabas descuento familiar.

—No lo tienes.

—Qué pena, ya que estoy aquí para resolver los problemas de la ciudad. ¿Me harás irme antes de presentar mi propuesta? ¿Qué dirá Daisy?

—Dirá que eres un mentiroso. Ninguno de nosotros caerá en tus mentiras de nuevo.

—Bien. —Darius da un paso atrás—. Me iré ni bien vea a Mamá.

—Mamá no quiere verte.

—¿Estás seguro de eso, hermano? ¿Por qué no se lo preguntas?

—No podemos preguntárselo y lo sabes. Es tu culpa.

—¿Mi culpa? Tú eres el que se fue. Te uniste al Ejército y te marchaste. Tuvimos que solucionar todo y, ¿adivina qué? Lo hicimos.

—Eres un maldito vendido, —gruñe Teddy.

Me pongo la mano sobre la boca. Pensé que mi familia tenía problemas, pero esto está en otro nivel. Teddy está por explotar y al juzgar por el color enrojecido del cuello de Darius, él también está a dos segundos de perder la razón.

—Yo soy el que salvará a esta montaña. Mientras tú te escondes aquí con una mujer. —Darius me señala. Esta vez Matthias se para frente a mí con una mano estirada y la palma hacia mí, señalándome que me quede atrás.

—No la metas en esto, —dice Teddy—. No la mires. Ni la huelas.

La forma en la que Teddy se apresura en defenderme hace que mi corazón lata más fuerte.

Darius no ha terminado.

—¿Cuál era el nombre de la última?

—Cállate la boca. —La voz de Teddy es suave.

—Ah, es verdad. —Darius truena los dedos—. Se llamaba Tiffany, ¿verdad? ¿No aprendiste tu lección acerca de acostarte con hum...

Pero no llego a escuchar nada más acerca de Tiffany porque el codo de Teddy va hacia atrás y él choca su puño contra el rostro de Darius.

* * *

Teddy

He estado luchando con mi gemelo desde que tuvimos edad para gatear. Mi puño conoce su rostro mejor que el de nadie más y sus puños conocen el mío. Pero tengo un par de trucos nuevos desde que peleamos la última vez.

Cuando me uní al Ejército, aprendí disciplina. Cuando el Coronel Johnson me reclutó en su equipo especial de soldados transformistas, aprendí a volar un helicóptero de guerra en territorio hostil, a sorprender al enemigo y a cumplir con una misión. Aprendí todo tipo de estilos de combate, pero fue entre misiones, cuando mi unidad se aburría y nuestros animales necesitaban desquitarse, que realmente aprendí a pelear.

Mientras tanto, Darius fue a la escuela de negocios y se reinventó como un magnate sin alma. ¿Cuántas peleas con otros transformistas tiene en su cinturón? Se pasa todo el tiempo con humanos que tienen maestrías.

Debajo de ese traje lindo, Darius es de más o menos mi tamaño. Su ropa está hecha a medida para hacerlo ver más esbelto. Es un buen disfraz. Lo menosprecié los primeros minutos cruciales de la pelea y aprendí de la forma difícil que todavía tiene mucho poder en sus golpes.

Nos rondamos, yo descalzo, él con zapatos nuevos que se rayan rápido. Mis mejillas laten por su último contragolpe.

—Parece que has estado entrenando, —digo—. Pero no será suficiente para vencerme. Pasas mucho tiempo con el trasero sentado en la oficina.

Detrás de sus puños, Darius tiene el mentón levantado. Luce ridículo, como un boxeador victoriano a punto de dar puñetazos.

—Como si tú te hubieras estado manteniendo en buena forma. ¿Cuándo fue la última vez que tuviste una misión?

No respondo.

—Matthias dice que te estás haciendo ermitaño. —Darius sigue rodeándome—. Estás totalmente desentendido de la familia. ¿Cuál es el sentido de vivir aquí si no nos ayudarás?

—¿Nos? Te fuiste de la montaña. —Tiro un par de golpes de prueba, pero son sin energía y Darius lo sabe. Ni siquiera los esquiva. Esa es la desventaja de pelear con un gemelo. A veces conoce mejor mi mente que yo mismo.

O quizás su plan es hablar hasta que me muera.

—¿Quién crees que paga las cuentas? —Se queja Darius —. ¿Quién pagó la carrera de medicina de Matthias? ¿Quién consiguió el préstamo para instalar los nuevos paneles solares que quería Everest? ¿Quién crees que paga los impuestos de Ma? ¿Piensas que fui a la escuela de negocios a divertirme?

—Sí. Diversión y ganancia. Harías lo que fuera por dinero. —Tiro puñetazo tras puñetazo, pero Darius me sorprende al esquivarlos y correr; su puño me da en el riñón mientras lo hace.

Estoy respirando con dificultad cuando nos enfrentamos otra vez.

—Le rompiste el corazón a Ma.

—Tú lo hiciste primero.

No se equivoca. Tal vez esta pelea era sólo una forma de castigarme a mí mismo. Cuando sentía que necesitaba una buena paliza, Darius siempre fue bueno en eso.

Entonces que así sea. Me adelanto para cumplir mi pena, esquivando su puño y tacleándolo. Terminamos en el suelo; él me golpea la cabeza y yo intento aplastarle las costillas.

Un gruñido sacude el piso. No sé si el sonido sale de mi garganta o de la suya.

—Sin animales, —gruño—. La humana.

—Entonces todavía no le has contado.

—La información es sólo la que necesita. Sabes cómo es.

No agrego que Lana puede haber descubierto que soy transformista. Darius no necesita otra razón para golpearme el trasero. Estamos enfrentados ahora, levantando polvo. Nuestra pelea se ha transformado en una lucha libre.

Darius pestañea entre pestañas cubiertas de tierra.

—Lo que no entiendo es por qué elegiste otra humana. ¿No bastó con Tiffany?

Hasta aquí, en el suelo, luchando con mi hermano, el aroma a miel de Lana invade mis fosas nasales.

—Ella no es mía.

—Ah. —Darius mueve la cabeza—. Es hermosa. Quizás le dé un paseo en mi helicóptero después...

Con un grito, hago una tijera con mis piernas y junto fuerzas para moverme hacia arriba y poner las manos alrededor de la garganta de mi hermano. Realmente lo mataré esta vez.

* * *

Lana

Una nube de polvo cubre a Teddy y a Darius. Los gruñidos se escuchan, pero no logro comprender qué está pasando. Toda la tierra que vuela a nuestro alrededor hace que los dos luchadores sean monstruos amorfos de sombra que se retuercen en el suelo.

—¿No puedes detenerlos? —Le grito a Matthias.

Él se encoje de hombros.

—Será mejor que luchen hasta arreglar las cosas.

—¡Matthias!

—¿Quieres que también me den una paliza?

Se escucha un rugido y las pocas aves que habían vuelto a los árboles después del helicóptero salen volando.

—Tienes que entrar. —Matthias intenta hacerme volver. Finjo obedecer y luego corro pasando a su lado.

—¡Teddy! ¡Ayuda!

—¿Lana?

Una figura se eleva entre el polvo. Teddy baja los puños y se concentra totalmente en mí. Todo el aire se escapa de mis pulmones. Teddy estaba por completo en modo pelear-escapar y luego se detuvo. Por mí.

Por desgracia, Darius no recibe el mensaje de que Teddy acaba de declarar un alto al fuego. Se lanza sobre Teddy un par de veces más antes de darse cuenta de que su hermano sólo está allí parado.

Teddy lo mira mal, escupe sangre, y lo mueve para quitarlo del camino y caminar hacia mí.

—¿Estás bien?

Sus nudillos están hinchados de golpear a su hermano, pero sus dedos son gentiles cuando toca mi rostro.

—Creo que me desmayaré, —digo en voz baja. Es verdad. Esa pelea fue diferente. Estoy estornudando por todo el polvo y el polen que levantaron.

—Lana necesita tranquilidad y descanso, —dice Matthias—. Esto no ayuda.

El buen traje de Darius está sucio. Su camisa está abierta y le faltan un par de botones. Pero luce bastante decente para un tipo al que le pegaron varias veces en la cara. Hay un par de leves sombras púrpuras de moretones alrededor de su ojo y mandíbula, pero más allá de eso, parece ileso.

Teddy tiene sangre que cae por su rostro de un corte sobre su ojo.

—Se acabó el espectáculo. —Me levanta en sus brazos fornidos y me lleva hacia la cabaña. Me muevo por un segundo antes de acurrucarme más cerca. La temperatura corporal de Teddy está elevada. Agacho la cabeza y huelo su cuello. Mmmm, sudor masculino.

Debe lucir como un héroe conquistador que se lleva a la chica. La forma en la que se pone a cargo me humedece las bragas.

—Buena pelea, hermano, —grita Darius.

Teddy se detiene en el escalón.

—Fue una buena pelea. Te fue bien para ser un traje, —le dice a su gemelo.

Darius levanta el mentón.

—Encontré a unos amigos para pelear. Un amigo llamado Brick Blackthroat que tiene un club deportivo para... luchadores como nosotros.

Teddy gruñe y le da la espalda a su hermano.

—Sal de aquí, —grita por encima del hombro—. Ya no

eres bienvenido. —Patea la puerta de la cabaña para cerrarla. Se cierra de un portazo y me sobresalto.

—Perdón. —Teddy nos marcha hasta el sofá y me baja. Sus hombros están encogidos, sus músculos tensos como si estuviera por salir disparado de la cabaña y dejar a su hermano en un ataúd. Y no puedo permitir eso.

Gruñe cuando pongo una mano sobre su pecho. Su camiseta blanca está manchada con más que tierra. Hay una mancha rojiza marón que estoy bastante segura de que es sangre.

—Estás herido. —Me pongo de rodillas y sin detenerme a pensar, le quito la camiseta. Me detengo mientras veo de lleno el pecho más épicamente musculoso que he visto. Está manchado de polvo y tierra pero es hermoso.

—Lana, —dice Teddy y me doy cuenta de que ha estado repitiendo mi nombre un tiempo.

Podría pasar una eternidad mirando los planos y cuencas perfectas de sus abdominales y pecho, pero hay un moretón feo en su pectoral derecho y otro en un costado.

—Te dio fuerte. Puedo llamar a Matthias...

—No. —Gruñe Teddy—. Dame un momento, bebé. —Baja hasta la mesita de café y se frota el rostro con una mano.

—Luces estresado. Ven aquí, te frotaré los hombros. —Me estiro y hundo los pulgares en la hinchazón rígida del músculo junto a su cuello, hablando sin sentido—. Guau, sí, tus músculos son como piedras.

Su rostro sigue oculto detrás de su mano.

—Esta es una mala idea.

Mierda, no quiere coquetear.

—Lo siento. —Quito rápido las manos—. Si no estás interesado...

—¿No interesado? —Me mira mal y pone mi mano justo

en el frente de sus vaqueros. Su miembro choca contra mi palma—. Estoy interesado, bebé. —Respira en mi oído—. Estoy a dos segundos de arrancarte ese lindo atuendo rosa y ver lo dulce que sabe tu vagina.

Dejo salir algo que es entre un chillido y una queja.

Él se inclina sobre mí. Su cabeza baja hasta la curva de mi cuello. Mi columna se afloja; mi interior se calienta. El aire con olor a pino de la cabaña es demasiado denso para respirarlo.

—Teddy.

—Shhhh. —Él roza mi mandíbula, y frota mi mejilla suave con su barba rubia. Me estoy desmayando por su aroma cuando murmura, —Al carajo. —Voltea la cabeza y toma mi boca con la suya.

Teddy sabe a menta y miel. Me arqueo hacia él mientras toma mi nuca y me sostiene quieta para saquearme. Mis pechos están hinchados, mis pezones duros y amenazan con cortar la camisola a través del sostén reforzado. Es mucho. No es suficiente. Necesito más.

Baja mi camisola y succiona uno de los pezones emocionados y luego el otro. Froto mi clítoris por su pene enorme. Subo al mismo tiempo que él empuja para estar más cerca. El movimiento hace que nuestras cabezas se choquen y yo me quejo.

¡Maldición!

—Mierda, Lana. Sigues herida. —Él se aleja y se baja la camisa.

—¿Yo? Estoy bien. ¿Qué hay de ti? Te dio un par de veces. —Su corte ya no sangra, pero todavía tiene ese moretón. Cubrirlo con una camiseta no hará que lo olvide—. ¿Necesitas que Matthias te revise?

—No. Sólo será un minuto. Me iré a limpiar. —Él se para y desaparece de la habitación.

Me muerdo el labio. Supongo que los hombres malos de montaña se arreglan solos después de una pelea.

La puerta principal se abre y Matthias entra. Su bolso de doctor está un poco empolvado por el espectáculo frente a la cabaña, pero está sonriendo.

—¿Cómo está Teddy?

—Dice que está bien.

Matthias se ríe por mi tono de duda.

—Mientras que esté levantado y respirando sin dificultad, estará bien.

Dios. ¿Qué tanto pelean estos hermanos?

—Está bien, Lana. —Matthias lee la expresión de mi rostro demasiado bien—. Apenas pasa un día sin que alguno de mis hermanos le pegue a otro sin una buena razón.

—Ya veo. Qué bueno que eres doctor.

—Sí, qué bueno. Me iré, seguiré a Darius, me aseguraré de que se vaya de la montaña. Tú tienes que descansar. —Toma la bolsa de moras congeladas, limpia la condensación y me la pasa.

—Sí, doctor. —Pongo la bolsa contra mi cabeza y me estremezco por el frío. Puedo escuchar que Teddy se mueve en la habitación detrás de la puerta cerrada, así que agrego, en un susurro—, ¿supongo que Darius no viene seguido de visita?

—No con Teddy. Yo estoy en contacto. Es verdad que pagó por mi carrera de medicina.

Hay tantas preguntas que quiero hacer.

—¿Él estará bien? No tiene cómo irse.

—Hay una pista para helicópteros cerca. Puede conseguir uno allí. O uno de nuestros hermanos le llevará. Axel está por bajar la montaña. ¿Ya conociste a Axel?

Niego con la cabeza.

—Tú y Darius son los únicos hermanos que he conocido. Recordaría a alguien llamado Axel.

—Estoy seguro de que conocerás a toda la banda pronto. Teddy es nuestro hermano mayor. Todos lo admiran.

Intento recordar todas las acusaciones que Teddy y Darius se dijeron, pero es demasiado. Me llevo las rodillas al pecho.

—Quizás no debería quedarme aquí. Podría irme. Estoy estorbando.

—No, —grita Teddy desde la habitación.

—No estorbas, —me tranquiliza Matthias.

—Bueno. Puedo quedarme aquí al menos una noche. —Dejo que mi cabeza se apoye en los almohadones del sillón—. Pero después de toda esa emoción, necesito recostarme.

—Descansa, —me ordena Matthias y le asiente a Teddy antes de irse y cerrar despacio la puerta de la cabaña.

Teddy camina hacia mí. Se limpió y se puso otra camiseta blanca idéntica a la que llevaba antes. El corte en su rostro se está sanando rápido. La piel estaba abierta antes de irse a la habitación, pero ahora no. Tiene la cabeza gacha y parece estar estudiando sus pies descalzos. Luchó descalzo contra su hermano. Qué hombre salvaje.

—Lamento que tuvieras que ver eso, —murmura Teddy.

—Oh no, fue interesante. Aprendí mucho.

Teddy levanta una ceja.

—No, en serio, fue una clase maestra sobre cómo hacerte enojar.

—Levanto un dedo—. Primer paso, usar tu nombre completo. Teddy no se ríe, así que pruebo con otra táctica—. Está bien. Así es la familia, ¿verdad? Los hermanos tienen los códigos nucleares de tu carácter. Saben justo qué botón apretar.

—De todos modos. Fue feo y no quería que lo vieras.

—Estoy bien. Gracias por defenderme. —Al menos creo que me estaba defendiendo. Quiero saber más acerca de Tiffany y Darius, pero es evidente que son temas sensibles —. ¿Peleas así con todos tus hermanos?

—Todo el tiempo.

Abro los ojos.

—¿Hasta con Matthias?

—Matthias pelea tanto como el resto de nosotros. Sólo que es más inteligente al respecto. Con él la pelea acaba casi ni bien empieza.

—Gemelos y trillizos. Por dios. Tu pobre madre.

—Tranquila, pudo manejarnos.

—¿Pudo? —Trago saliva. —¿Teddy se ha estado refiriendo a su madre en pasado y no me di cuenta? ¿Murió?

—No ha muerto. Sólo... se está tomando algo de tiempo para ella.

—¿Vive cerca?

—Todos vivimos la montaña.

—¿Tú y todos tus hermanos? O... la mayoría de ellos, —me corrijo cuando recuerdo a Darius—. ¿Todos tus hermanos tienen cabañas lindas como esta? ¿Los trillizos también son idénticos? ¿Cuándo podré conocerlos?

—Sí, no, y nunca. —Él se acomoda con el ceño fruncido.

Capítulo Seis

ana

L—¿Segura de que te sientes mejor? —Pregunta Teddy mientras me sirve panqueques en el sillón.

—Genial. Mucho mejor. Probablemente no debería hacer saltos de tijera hoy, pero los evito incluso cuando no tengo una contusión. Mis pechos una vez se escaparon de un sostén deportivo después de sólo tres saltos.

Teddy pestañea y me sostiene la mirada en un intento ingenioso de no bajarla a mis pechos.

—¿Recordaste algo más desde ayer?

—No, no lo creo. Pero si descanso, apuesto a que lo recordaré todo en poco tiempo. Sólo necesito algo de paz y tranquilidad.

—Bien, bebé. Puedo darte paz y tranquilidad.

Una explosión abre la puerta. Grito y levanto las manos para taparme los oídos y olvido que estoy sosteniendo un tenedor. Sale volando. Teddy se baja del sofá tan rápido que casi se cae conmigo encima. Camina con pasos pesados hasta la puerta y grita algo que no puedo escuchar por el ruido. Lo que sea que esté haciendo ese ruido afuera, suena a un millón de comadrejas que son aplastadas por un órgano de iglesia. Es tan fuerte y terrible que se me humedecen los ojos.

Un segundo después de que Teddy sale de la cabaña, el ruido desaparece y hay un silencio bendito. Me limpio las lágrimas de los ojos y salgo a ver qué sucede.

Teddy está parado en el escalón frente a tres jóvenes despeinados. El primero y el tercero tienen polleras escocesas que combinan. El primero no lleva camisa y muestra un pecho blanco y flaco. El del medio está vestido de pies a cabeza de negro y detrás de la pantalla de cabello sobre su rostro, sus ojos están delineados.

Todos llevan cámaras de aire rojas escocesas decoradas con cañas negras. Gaitas. Eso explica el ruido.

El que no lleva camisa se quita el cabello del rostro, inclina la cabeza y sopla una nota estridente en su instrumento. El sonido es como agujas en mi cabeza.

—No, —grita Teddy y el adolescente suelta el instrumento.

—Vamos, hermano mayor. Si no practicamos, ¿cómo se supone que consigamos eventos pagos?

Teddy cruza sus brazos musculosos sobre su pecho.

—¿Crees que la gente hará fila para pagarle a alguien que toca la gaita?

—No, —se mofa—. El plan es ir a tocar para que la gente nos pague por irnos.

El joven que está todo vestido de negro inclina la cabeza y hace que más pelo caiga sobre su rostro.

—¿Entonces por qué tenemos que practicar? ¿No será mejor si apestamos?

—Suficiente, —grita Teddy—. No practicaremos hoy. No formaremos una banda de gaitas.

—Bien. —Dice el tipo sin camisa—. Tenemos muchas más ideas.

—Ey, —acota el tercero—. ¿Huele a panqueques?

—No, —dice Teddy, pero yo abro la puerta y me paro a su lado.

—Sí, —lo corrijo—. Tenemos bastantes. No me comeré dos kilos de tocino.

—¿Tocino? —dice esperanzado el que no tiene camisa.

Los otros dos me miran fijo. Su cabello hasta los hombros sigue en sus rostros, pero puedo ver lo suficiente como para saber que son idénticos.

—¡OMG! —digo—. Deben ser los trillizos.

—Los Tres Terribles, —murmura Teddy por lo bajo. Lo pincho en un costado.

—¿Tú quién eres?

—Soy Lana. —Miro expectante a Teddy hasta que suspira y nos presenta.

—Hutch, Bern y Canyon. —Señala a cada uno—. Pueden entrar y comer panqueques. Pero no molestar a mi invitada. Y sin gaitas. —Él mira mal a Hutch, cuya gaita acaba de dejar salir un chillido acallado.

—Bien.

El que parece gótico, Bern, deja que la gaita caiga al piso. Los otros dos hacen lo mismo. Siguen a Teddy en una fila. El que no tiene camisa, Canyon, me guiña el ojo.

Una vez en la cabaña, entran en una rutina practicada. Bern y Canyon se quitan el cabello del rostro por el tiempo suficiente como para sacar un tablón largo de pino de la pared y usarlo como mesa. Desaparecen por la puerta y vuelven con cinco troncos pulidos para usar como asientos. Teddy controla la cocina y pasa bandejas de tocino al horno mientras hace pilas de pequeños panqueques del tamaño de un dólar de arena y Hutch pone la mesa y lleva y trae la comida.

Me siento en el sofá y miro la actividad hasta que Canyon me invita a unirme. Pone mi plato en un extremo del tablón y reemplaza el tenedor que se me cayó con uno nuevo tan elegantemente como un mesero en un restaurante. La cabaña se siente mucho más chica con tres tipos nuevos en ella, incluso si son adolescentes pandilleros que se mueven en un baile de desayuno sincronizado. Pero al juzgar por la cantidad de panqueques que se meten en la boca, se estarán llenando de músculo pronto.

—Entonces, Lana, —Canyon, el trillizo seductor sin camisa acerca su tronco a mí—. ¿Cómo conociste a Teddy?

Le sonrío con gentileza e intento dar vibras de mamá o de hermana mayor para que este joven no piense que estoy coqueteando.

—Nos acabamos de conocer. Estaba haciendo senderismo, me caí y me golpeé la cabeza; él me rescató.

—Pasó la noche aquí. —Teddy se inclina sobre mí para poner unos nuevos panqueques en mi plato.

—Y ahora él dice que soy su prisionera. —Lo pincho en un lado mientras pasa. Él tuerce mi trenza y luego se endereza y mira serio a su hermano el seductor.

Canyon se aclara la garganta.

—¿Entonces se conocieron recién ayer?

Me encojo de hombros.

—Pensé que nadie que se llamara Teddy podría ser un asesino en serie.

Bern levanta la cabeza.

—¿Qué hay de Ted Bundy?

Me toma un momento corregirme,

—Nadie llamado Teddy, que además tenga una habitación decorada con ositos lindos, es un asesino en serie.

Los trillizos asienten como si esto fuera lógico. Teddy pone los ojos en blanco.

—Come, —me ordena.

—Sí, señor, —respondo seria.

Canyon voltea hacia sus hermanos trillizos.

—Entonces descartamos la banda de gaitas. Nuevo plan. Nos uniremos al ejército.

Teddy cierra el horno de un portazo.

—De ninguna forma.

—Tú te uniste al ejército cuando tenías nuestra edad, —señala Canyon.

Me interesa esto. Pude sacar algunos datos de Teddy de a cuentagotas.

—¿Cuántos años tienen ustedes chicos?

—Dieciocho, —dice Hutch orgulloso.

Diablos. Parecen tan jóvenes. Volteo hacia Teddy.

—¿Te uniste al ejército cuando tenías dieciocho?

—Sí. Era un niño. Le rompí el corazón a Ma.

Trago saliva y recuerdo la pelea de Darius y Teddy. *Le rompiste el corazón a Ma.* Acusó Teddy a Darius, quien respondió, *Tú lo hiciste primero.*

—Ma quería que fuera a la universidad, pero no funcionó.

—Teddy estuvo en las fuerzas especiales, —me dice Canyon—. Hutch piensa que puede reclutarnos su comandante. Romperemos todos los récords de Teddy.

Teddy golpea un plato lleno de tocino sobre el centro de la mesa y señala a cada uno de los Terribles Tres con el dedo.

—Ningún ejército.

—Pero el bono al unirse...

—No. Encontraremos otra manera.

Debo parecer desconcertada porque Canyon se acerca.

95

—Necesitamos dinero.

—¿Dinero? —Me intereso—. Me encanta el dinero. Puedo ayudar. Tengo mi propia empresa.

—Espera, —Hutch se truena los dedos—. Te conozco. Eres Lana. Eres famosa.

Las cejas de Teddy se juntan de pronto.

—¿Qué?

—¿Qué? —dicen en eco dos de los otros Terribles Tres.

—Te he visto en Insta. Eres modelo de DiosaIndumentaria.

—Sí, —digo—. Al principio no podía pagar modelos, así que lo hice yo misma. Todavía hago algunas promociones de vez en cuando.

—Espera, ¿tienes tu propia empresa? —Pregunta Hutch.

Me encojo de hombros.

—Así es. La empecé en vez de ir a la universidad. Solía crear todos mis propios atuendos en la secundaria.

—Ropa linda para chicas con curvas,

—Hutch repite el slogan de mi empresa y yo me ilumino.

—¡Eso es! Esto es de mi nueva línea de senderismo. —Me levanto y estiro la punta del pie para mostrar mis pantalones ligeros.

—Muy lindos. —Hutch acerca su tronco para mirar más de cerca—. Buena costura. ¿Está cortado al bies?

—¡Ah sí! ¿Sabes cocer?

—Ma nos hizo aprender, —dice Bern, el adolescente gótico, a través de una montaña de cabello—. Hutch es el mejor en eso.

Hutch señala a la habitación de Teddy.

—Yo hice esas cortinas.

—¡OMG! —Chillo—. Amo esas cortinas. Estoy

pensando en hacer algo con ositos tiernos para mi línea de invierno.

—¡OMG! —repite Hutch con un entusiasmo similar.

—Hay osos por todos lados aquí, —digo—. Ya he visto a tres. Es sorprendente.

—Sí, tenemos muchos osos. —Hutch se ríe nervioso.

—¿Ustedes los ven también? Uno de ellos entró directo a la cabaña y abrió el refrigerador.

—Em, no, eso nunca me sucedió. —Su mirada se va en todas las direcciones como si estuviera loco. Los otros dos trillizos miran fijo sus platos.

—Estoy pensando en hacer una sesión de fotos aquí. Conseguir algunos hombres sensuales de montaña que sean nuestros modelos. ¡Quién sabe, quizás hasta podamos sacar una o dos fotos de osos!

Un silencio helado invade la habitación. La nuez de Adán de Hutch se mueve hacia arriba y abajo.

—No estoy seguro de que esa sea una buena idea...

—¿Por qué no?

Teddy se levanta de la mesa.

—Lana, tendrás que disculparnos. Necesito hablar con mis hermanos. Afuera.

* * *

Teddy

Camino hasta el borde del prado a la línea de árboles que separan mi cabaña de las colmenas, con mis hermanos acribillándome a preguntas.

—¿Qué sucede? —Pregunta Hutch.

—¿Tú y Lana están saliendo? ¿Habla en serio sobre la sesión de fotos? —Canyon flexiona su torso delgado—. Podría ser modelo.

—¿Sabe acerca de nosotros? —Esto es por lo bajo, de parte de Bern.

Me giro hacia ellos y se callan.

—No modelarán. Y, en cuanto a si sabe lo que somos... No lo sé. Puede que me haya visto transformarme, pero se golpeó la cabeza, y tiene lagunas en su memoria. Estoy tratando de descifrar qué sabe.

—Podrías seducirla, —Canyon mueve las cejas—. Lograr que te lo cuente.

—No estamos saliendo. —*Pareja*, mi oso me recuerda. Rechino los dientes—. ¿En serio es famosa?

—Eh, sí. —Hutch busca su teléfono. Hace un par de clics y me muestra la pantalla. En la fotografía, Lana sonríe cansada hacia la cámara y tiene el cabello peinado en un afro relajado. Una bikini amarilla acaricia sus curvas y sus mejillas oscuras tienen un brillo sutil que imita el sonrojar de un orgasmo.

Mía, gruñe mi oso.

—Dios, Teddy, no lo agarres tan fuerte. —Hutch intenta recuperar su celular y lo alejo—. ¡Lo romperás!

Estoy respirando con dificultad.

—¿Puedes borrar esto?

—No, está en Instagram. Hay muchas de ellas, ¿ves? —Él pasa por la página y mi temperatura corporal debe llegar a los 40 grados.

Hay una de Lana con vaqueros y una pequeña camiseta corta sensual blanca con un hombro descubierto, apoyada sobre un Corvette. Lana como chica pinup, con rizos armados y unos labios rojo escarlata que combinan con su vestido rojo ajustado. Luce increíble. Mi pene late en mis vaqueros. Probablemente sea uno de los millones de hombres que se tocarán con esta bomba.

Hutch no me mira a los ojos.

—Si descargaste alguna foto de ella, bórrala. Ahora. —Empujo su celular hacia sus manos.

—Entonces *estás* haciéndolo con ella, —dice Canyon—. O eso quieres.

—No. Es... complicado.

Bern inclina la cabeza y su cabello cae sobre su rostro.

—Entonces es otra vez como lo de Tiffany.

—No, —gruño—. No será así.

—¿Le contarás a Lana sobre nosotros? —Pregunta Hutch—. ¿Sobre lo que somos?

—Puede que ya lo sepa. Vio a Everest ocuparse de las abejas. Y ayer encontró a Axel atacando mi refrigerador.

—Ah, sí, —dice Canyon—. Axel nos lo contó. Dice que sólo quería las salchichas de cordero...

—Tiene su propio refrigerador, —respondo—. No sé por qué sigue guardando sus cosas en el mío.

—Por la misma razón por la que ponemos gallinas junto a tu casa, —dice Hutch—. Y por la que Everest tiene sus colmenas por aquí. Estamos cuidándote, por Ma. Está preocupada.

Levanto las manos.

—¡Ma está dormida!

—Bueno, estaría preocupada si no estuviera hibernando. Matthias dijo que es mejor que veamos cómo estás.

—Matthias no sabe lo que es mejor para todos, —digo de mala manera—. Nueva regla. Nadie viene aquí a menos que estén en forma humana. Díganselo a Axel y Everest.

—Pero Everest tiene que controlar a las abejas, —responde Hutch—. Sabes que le gusta hacerlo en forma de oso. Dice que no lo pican tanto.

—Dile que se ponga su traje de apicultor.

—Odia el traje de apicultor.

Me aprieto la nariz.

—Bien. Me encargaré de eso.

Canyon invade mi espacio.

—¿Qué harás con Lana?

Atarla a la cama y reclamarla, sugiere mi oso.

—Todavía no lo sé.

—No le borrarás la mente, ¿verdad? —Canyon me mira mal.

¡No! Mi oso grita tan fuerte que me sorprende que nadie lo escuche.

—Si sabe lo que somos, eso es exactamente lo que debo hacer.

—Pero no es justo, —Hutch se pone junto a Canyon. Ahora hay una pared de tres hermanos flacuchos que me impiden volver a la cabaña—. Ella no le contaría a nadie.

—No lo sabes.

—No lo hará. Puedes confiar en ella. No es Tiffany, —dice Bern, y volteo hacia él, listo para golpearlo.

Tres rostros idénticos me miran mal.

Calmo mi temperamento. Estos son mis hermanitos y tienen buenas intenciones.

—Miren, tengo que borrarle la mente. Puede que me haya visto transformarme. Se golpeó la cabeza y no lo recuerda.

Los Tres Terribles se marchitan.

—¿Cuándo lo harás? —Pregunta Canyon.

—Pronto. Estoy esperando a que su cabeza se sane para que no la deje peor de lo que ya lo hará.

Me estoy engañando a mí mismo. Borrar la mente afectará a cualquier humano. Sólo puedo esperar que no la cambie demasiado.

Bern niega con la cabeza. Hutch luce como si me hubiera comido a su hámster.

—Está mal, —dice Canyon con las manos hechas puños
—. —¿No puedes simplemente...?

—No hay otra forma. —Tengo que terminar con esto.
Ahora—. No podemos confiar en humanos. Lo saben. Y la
familia está primero. —Empujo para pasar por la fila de
hermanos y dirigirme hacia la cabaña—. Le diré a Lana que
se despidieron.

Capítulo Siete

Teddy

TCuando regreso a la cabaña, la ducha está abierta. Camino arrastrando los pies por la cocina y limpiando.

Es ahora o nunca. Debería llamar a Matthias para que pida un coche y llevar a Lana con la sanguijuela más cercana. Si protesta o lucha, tendremos que sedarla. Eso tuvimos que hacer con Tiffany.

La idea de tratar a Lana así me revuelve el estómago. Pero no puedo arriesgarme a que se vaya de esta montaña sin asegurarme de que no sepa nuestro secreto y no puedo tenerla aquí por siempre.

Además, está el tema de su hermanastro. Una vez que Rafe lo encuentre, tendré que ver si sigue siendo una amenaza para Lana.

Si lo es, no lo será por mucho tiempo. Acabaré con él.

—¿Teddy? —me llama desde el baño y yo corro por la habitación usando mi velocidad de transformista para ir a su lado.

En el último segundo, me detengo. Maldición, otra vez

no. No puedo seguir distrayéndome. Es como si mi oso quisiera que Lana supiera lo que soy en realidad.

La puerta del baño está un poco abierta, pero la toco de todos modos.

—¿Qué sucede? ¿Estás bien? ¿Estás herida?

—No, estoy bien. Entra. —Ella me saluda con una sonrisa que me golpea en el estómago como un puñetazo. Es tan hermosa. Tan alegre. La conozco menos de un día y no puedo imaginarme no tenerla en mi vida.

—Mira esto. —Se señala la frente. Se ha quitado el vendaje y la piel por debajo está lisa y sin cicatrices.

El serum que usó Matthias funcionó demasiado bien. Tendré que borrarle la mente.

—¡El corte sanó por completo! ¿No es extraño y asombroso?

—Sí, —murmuro mientras me inclino contra la puerta.

—Ni siquiera dejó una cicatriz. —Ella se acerca al espejo y se revisa la cabeza por todos lados—. Y mi cabeza también está mucho mejor. Me siento mejor de lo que me he sentido en mucho tiempo, en realidad. Debe ser el aire fresco de montaña.

—Debe ser eso.

Ella voltea y me mira con sus pestañas, y me doy cuenta de dos cosas. Uno, sólo tiene puesto una toalla. Dos, la forma en la que se muerde el labio me hace querer morderla a ella.

—¿Teddy? ¿Me escuchaste?

—¿Hmm?

—Dije que necesito hacer funcionar mi celular. Contactarme con la empresa, revisar mi Instagram. No he estado sin redes sociales por tanto tiempo desde el verano en el que mi niñera me quitó el celular por desaprobar francés.

No. No puedo darle un celular que funcione. No puedo dejarla ir.

—No me dijiste que eras dueña de una empresa, —hago tiempo.

—No surgió el tema. Es lindo estar así de desconectada. —Ella mueve sus trenzas hacia atrás y deja sus hombros desnudos. La toalla se cae y deja entrever las dulces curvas de sus pechos.

Doy un paso hacia adelante; necesito estar cerca de ella.

—Entonces es verdad. Eres famosa.

Ella se encoge de hombros y la toalla se baja un centímetro más.

—Un poco.

Mierda. Con más razón debería borrarle la mente. Ella podría hacer un llamado y estar frente a cámaras, contándole al mundo acerca de los transformistas.

Ella no es Tiffany.

—¿Teddy? ¿Estás bien?

Mi voz está rasposa.

—Estoy bien, bebé. —Una de sus trenzas está torcida, así que la enderezo. Su aroma a miel llena la habitación.

—Fue genial conocer a los trillizos, —me dice—. Pero parecen tan jóvenes.

—Sí. Están un poco sobreprotegidos. Fueron educados en casa. Si parecen inmaduros, esa es la razón.

—Creo que son dulces. —Ella se inclina hacia mí, casi de forma inconsciente—. Has sido tan bueno. Al rescatarme, cuidarme. Estoy realmente agradecida. Pero no necesito seguir descansando. Ha sido divertido ser tu prisionera, pero en realidad no tengo una razón para quedarme. —Ella se muerde el labio hinchado—. A menos que... me des una.

Juego con una de sus trenzas.

Ella pone una mano sobre la mía.

—¿Entonces eso es todo? ¿Debería irme?

—No. —Pongo mi mano en sus trenzas y tiro cabeza con cuidado hacia atrás.

—¿Teddy? —Sus labios se separan y ya no puedo soportarlo. Inclino la cabeza y la beso.

* * *

Lana

Teddy se inclina sobre mí y me sostiene derecha con su mano en mi cabello. Su boca se posa sobre la mía, me toma, me saquea.

—No te irás, —gruñe; el sonido vibra en mi cuerpo y me hace temblar. Dejo que se caiga la toalla.

Él me levanta y me acuesta sobre la cama, cubriendo su cuerpo con el mío.

—Toda la noche estuve muriendo de ganas de hacer esto.

¡Vamos!

Él se coloca entre mis piernas y toca mi vagina, frotando hacia abajo con su palma.

—¿Te duele aquí, bebé? ¿Quieres que te haga sentirte mejor?

—Sí, por favor. —Mis caderas ya están moviéndose. Frota un dedo contra mi entrada y salgo disparada de la cama.

—Tranquila, —murmura.

—¿Qué hay de ti? —Llevo una mano hacia su bragueta. Hay un monstruo que late y se esconde en sus vaqueros y no puedo esperar a conocerlo—. Esto se siente duro y doloroso. Puedo besarlo para que se sienta mejor...

—Después. —Sus dedos chocan con mi entrada—. Seré delicado, bebé. Esta vez.

—No tienes que serlo.

—No me provoques. —Él se acomoda en mi barriga, encuentra un par de estrías y las besa. Se me corta la respiración en la garganta.

Sigue lamiéndome y besando hacia abajo; su barba roza mi piel suave. Me retuerzo, con cosquillas, y él desliza sus manos grandes hacia la parte posterior de mis piernas; las engancha detrás de mis rodillas y me sostiene con las piernas abiertas.

—Sí, bebé, —susurra, deleitándose en la vista de mi vagina abierta—. Esto es lo que quería.

El primer beso suave sobre mi monte envía olas de placer por mi cuerpo. Me estiro y tomo la cabeza de Teddy. Él toma mis muñecas y las pone a mi lado.

—Sé buena, —me ordena— o te ataré a la cama.

—OMG, —jadeo.

Intento ser buena, pero después de un par de besos más, estoy moviéndome demasiado para lo que quiere Teddy. Él se levanta y me da vuelta; me da tres golpes secos sobre el trasero. Gimo y arqueo la espalda. Si soy mala siendo buena, seré buena siendo mala.

—Eso es, bebé. Su barba me hace cosquillas mientras besa cada cachete. Me muevo un poco más, a propósito, y me gano otra ronda de nalgadas sensuales.

Los osos no son las únicos que son traviesos en esta montaña.

—Qué bueno que ibas a ser delicado. ¿Eso es todo lo que tienes? —Apoyo mi parte frontal sobre la cama y hago que mi trasero rebote más alto. Su palma me marca, pero el dolor se transforma en algo más, algo maravilloso. Siento la sorpresa de la sensación justo en mi vagina—. Sí, justo así. Más fuerte.

—¿Cómo es que eres tan perfecta para mí? —susurra y yo me derrito en un charco de felicidad—. Ven aquí.

Me hace levantarme y me pone de rodillas, mirando hacia la cabecera. Se acuesta y me guía para que me siente encima de él. Tomo la cabecera y me levanto mientras Teddy sostiene mi trasero y se lleva mi vagina a su rostro.

—Necesito probarte, —gruñe—. Dámela.

—No lo sé. Intenta bajarme, pero me resisto. —Te sofocaré.

—Moriré feliz.

Me bajo y dejo que mi vagina haga total contacto con su rostro. Él se acomoda contra mí.

—Sostente de la cabecera.

Me sostengo de ella con todas mis fuerzas. Su lengua se hunde y se mueve entre mis pliegues. Hundo las uñas en el pino y muevo las caderas, balanceándome sobre su boca. Su lengua llega a mi clítoris y tiemblo, levantándome por un momento. No puedo ir muy lejos porque sus dedos toman mi trasero y me mantienen cerca.

—Eso es, bebé, —dice una voz acallada—. Frótate. Deja que te dé lo que necesitas.

Cedo ante la gravedad y el tironeo incansable de Teddy y dejo que mi peso se hunda otra vez. Su barba me hace cosquillas en la piel suave de mis muslos internos. Su lengua está en todas partes, moviéndose como serpiente por mi entrada, haciendo círculos alrededor de mi clítoris, succionando mis flujos como si fueran ambrosia. Como si no se cansara.

Sus labios fuertes y lengua penetrante combinadas con el cosquilleo suave de su barba hacen que el placer choque con mí.

—Ay por Dios, —jadeo y me caigo de costado sobre la cama.

Él se gira conmigo, su rostro entre mis piernas. Muerde un poco mis labios, le da un beso a mi clítoris y se sienta, lamiéndose los labios. Descansa una mano entre mis piernas mientras presiona su largo dedo grueso ligeramente para traerme de regreso. Me toma un largo tiempo lograr que paren los temblores del orgasmo.

—Ese fue sólo el comienzo, —promete Teddy mientras se limpia lo mojado de la barba.

—Mi turno, —declaro.

El gruñido de Teddy suena dolorido. Sus ojos se han más que oscurecido. Casi lucen como si hubieran cambiado de color, de gris a un marrón más cálido como la miel.

—Sólo déjame estar dentro de ti. —Su voz es rasposa y gruesa. Se arranca la camisa por encima de la cabeza y se desabrocha los vaqueros—. ¿Eso estaría bien?

Em, sí, por favor. Me aclaro la garganta y digo lo que quiero.

—Tomo la píldora y estoy sana.

—Estoy sano, —responde—. Podemos usar protección si lo quieres, pero no tengo ninguna ETS.

—Confío en ti.

Esas palabras parecen hacerle algo a Teddy. Sus ojos se vuelven más oscuros y un gruñido extraño sale de su garganta.

—Suenas como uno de los osos malos. —Lo ayudo a bajarse los vaqueros por la cadera.

Él se baja de la cama para quitarlos.

—Este oso malvado te necesita ahora mismo. Con desesperación.

—Yo también te necesito, —le digo.

Es verdad. Tener su boca sobre mí fue asombroso, pero hay algo acerca de la penetración completa que anhelo. Esa necesidad biológica de hacer el acto que realmente produce bebés. No es que vayamos a hacer eso.

Pero la idea de llevar el bebé de Teddy de repente se asienta en mi mente con un gran atractivo. Es tan generoso. Sería un sostén durante un embarazo. Apostaría lo que sea. De repente estoy furiosamente celosa de la madre hipotética de su hijo.

Se sube encima mío y se detiene a besar y lamer entre mis piernas, luego viaja hacia arriba mientras arrastra la boca sobre mi barriga gruesa y toma un pezón marrón duro entre sus labios.

Me arqueo y grito ni bien lo succiona, la respuesta tira directo de mi centro.

—Te necesito, —repito, buscando su miembro. Lo encuentro y tomo la base, haciéndolo gruñir de nuevo mientras se sacude y se alarga en mi mano. Me encanta que gruña. Es un hombre de montaña perfecto.

Su miembro es grueso y duro, más largo de lo que he visto antes, hasta en el porno.

—Necesito dártelo, —responde, levantándose encima mío y dejando que lo guíe hasta mi entrada.

—Sí, por favor.

—Oh, bebé. Estaba intentando ser delicado. Pero me estás enloqueciendo. —Él me atraviesa con un empujón poderoso y jadeo ante la penetración profunda.

—¡Oh, Dios!

Se queda quito y sus dedos quitan las trenzas de mi rostro.

—¿Estás bien, bebé? ¿Fue demasiado?

Niego con la cabeza, mi cuerpo ya se está acomodando a su tamaño.

—No, es perfecto. Dámelo.

—Mierda, —murmura. Sus caderas se mueven hacia mí.

No soy pequeña ni ligera, pero usa suficiente fuerza como para hacer que deslice por el colchón hacia la cabecera. Él me sostiene en el lugar donde el cuello se junta con el hombro para seguir dándome.

Es bruto.

Apasionado.

Muy, muy duro.

Y no me canso de esto. Cada empujón hacia mí parece afirmar algo de mi persona que no sabía que me faltaba.

La sensación de ser deseada.

No estoy segura de haberme dado cuenta hasta ahora lo muy indeseada que en realidad me sentía. Por mis padres, por Bentley. Nunca encajé. Ni en mi familia. Ni en mi comunidad. Cuando crecía, nadie supo qué hacer conmigo, una niña negra rica en Los Ángeles, la hijastra de un director.

Pero Teddy sí sabe.

Sabe exactamente qué hacerme. Qué hacer conmigo. Por mí.

Golpea contra mí como si nuestras vidas dependieran de eso. Como si esto fuera tan reconfortante para su vida o llenara tanto su alma como lo hace conmigo.

Muevo las caderas para encontrarlo y llevarlo más profundo. Aprieto mis músculos internos alrededor de su miembro para darle más sensación y él gruñe de una forma sobrenatural. En realidad es un sonido que parece hacer vibrar la cabaña.

—¡Sí! —Grito, como si ese ruido fuera tan conocido como mi propio nombre aunque nunca antes escuché esas notas en mi vida.

Vuelve a gruñir.

Estiro la mano y aprieto su pezón plano y él se enloquece, sacude la cabeza, me da con tanta fuerza que sus ojos se quedan blancos.

Ni bien acaba, me dejo ir y acabo con él; mis músculos aprietan y ordeñan su miembro. Juraría que siento su semen adentro de mí, sellándome con calor, bendiciéndome con amor.

Teddy baja la cabeza hasta mi cuello y siento que algo filoso me raspa; luego él sacude su torso con fuerza hacia atrás y se cubre la boca con la mano.

Estoy demasiado ida como para entender lo que está sucediendo. Quizás le dé vergüenza su cara de orgasmo.

Esa idea me hace reír y envuelvo las piernas detrás de su espalda para traerlo hacia mí de nuevo en medio de risas.

—Lana, —jadea—. Ah, el destino. Vas a acabar conmigo.

* * *

Teddy

Casi la marqué.

Por todos los cielos, mi oso está completamente fuera de control. No tenía idea de iba a hacer eso. Alejo de mi mente todas las implicancias de mi oso marcando a una humana.

No puedo pensar en eso ahora.

Cuando hemos recuperado el aliento y ha dejado de reírse, salgo de ella.

—Necesito un momento. Salgo a buscarle un vaso de agua y me detengo en la sala de estar. Mi puerta principal está entreabierta. No hay osos en mi cocina y nada en las mesadas o en la sala de estar ha sido movido, pero hay un papel debajo de una piedra en la mesa desayunadora. La esquina de la nota se mueve en la brisa de la puerta abierta.

Ey, hermano mayor, gracias por el desayuno. Tomamos prestado un helicóptero para un mandado, pero lo devolveremos esta noche. Con amor, LTT.

LTT significa «Los Tres Terribles». Es como firman sus trabajos los trillizos. Los pequeños mocosos se han metido aquí mientras estaba con Lana.

Falta la llave escondida en la alacena de la cocina que es la del helicóptero.

—Maldita sea, —me quejo. Pueden haberse robado las llaves cuando estaba con Lana o antes cuando me estaban ayudando con el desayuno.

He llevado a mis hermanos en helicóptero antes. Han saltado con paracaídas e incluso les he estado enseñando a volar. Bern muestra más aptitud, pero no está listo para volar solo. Ni por asomo.

Si arruinan mi helicóptero, será mejor que mueran en el choque. Me aseguraré de que deseen estar muertos.

—¿Está todo bien? —Pregunta Lana. Sigue en la cama, con los ojos cansados. Me pongo las botas y camino hasta su lado para inclinarme y darle un beso.

—Todo bien, bebé. Hay una... emergencia familiar. Necesito encargarme de eso, pero ya vuelvo.

Su frente se arruga y se sienta.

—¿Quieres que...?

—No. Quédate. Lo digo en serio. Te quiero aquí, en esta cama, cuando regrese.

—Bueno. —Ella se vuelve a relajar con un suspiro—. Puede que duerma una siestita. Y me prepare para la siguiente ronda.

Me late el pene y casi que me vuelvo a meter en la cama para tomarla en mis brazos otra vez. Reclamarla como se debe.

Pero debo salir y salvar a los Tres Terribles de sí mismos.

* * *

Lana

Estoy tirada en una ensoñación sexual en la cama, contemplando las quemaduras de barba dentro de mis muslos, cuando alguien toca la ventana.

—¿Lana?

Me doy vuelta y me aseguro de estar envuelta con el acolchado.

—¿Quién es? —Miro entre las cortinas justo cuando uno de los Tres Terribles presiona su rostro contra el vidrio. No tengo forma de saber cuál trillizo es. No tiene delineado, y lleva una camisa, así que mi mejor apuesta es que se trata de Hutch.

—Soy Hutch, —confirma en un susurro—. Estoy aquí para rescatarte.

—¿Qué?

—Rápido, vístete. —Señala mi pila de ropa y se aleja.

Me apresuro en hacer lo que dice y me pongo todo en tiempo récord. Me encuentro con él en la sala de estar.

—¿Está todo bien? —Pregunto. Por alguna razón también susurro.

—Todo está bien. Vamos. ¿Dónde están tus zapatos? —Él los busca y los trae para que pueda meter los pies en ellos—. ¿Esto es todo? —Corre hacia la habitación para tomar mi mochila rosa—. Vamos. Tenemos que irnos.

—¿Qué? ¿Dónde está Teddy?

—Está ocupado. Lo distrajimos, pero no durará mucho.

—¿De qué hablas?

—Rápido, antes de que regrese. —Toma mi mano y me saca arrastrada de la cabaña.

—Hutch, detente. —Lucho por seguirle el ritmo—. ¿Qué está pasando? ¿Por qué corremos?

A mitad del prado, un ruido fuerte me hace mirar hacia arriba. Hay un helicóptero con un adolescente sin camisa que grita «¡Esaaa!» mientras cuelga de los patines.

Me detengo con la boca abierta, incluso cuando Hutch me empuja para que avance.

—¿Ese era Canyon?

—Sip. Él y Bern le robaron el helicóptero a Teddy para distraerlo, así puedes escaparte.

¿Escaparme?

—Hutch, sé que bromeé acerca de ser la prisionera de Teddy, pero era sólo un chiste...

Hutch me lleva hacia el bosque.

—Por favor, Lana, confía en mí. Tienes que irte ahora.

—Bueno, —lo calmo. Parece super decidido a «rescatarme». No tengo idea de qué trama Hutch, pero no me cuesta nada seguirle la corriente. Iré con él y veré si puedo arreglar o cargar mi celular. Me contactaré con la empresa. Quizás vaya a una tienda por ropa nueva, así podré quedarme más con Teddy—. ¿Puedo al menos dejarle una nota o algo a Teddy?

—Le diré que volverás pronto. —Hutch me hace caminar pasando las colmenas—. Aquí. Yo tengo que volver. Sigue el sendero hacia el arroyo. Mi hermano Everest te encontrará allí. Él encontró tu coche alquilado.

Me intereso. Me había olvidado del coche alquilado.

—¿Lo hizo?

—Sí, esta mañana. Te llevará hasta donde está. ¿Tienes las llaves?

—Eso creo... —busco en mi mochila rosa. Ahora que he recordado el coche de alquiler, me acuerdo de que Bentley se quejó para asegurarse de que no «hiciera algo tonto» y perdiera las llaves del coche—. Las puse en el bolsillo interno especial. Aquí. —Las sostengo y Hutch asiente.

—Bien. Sigue el sendero. —Señala el camino gastado entre los árboles—. Everest te encontrará en el arroyo.

—Bueno.

Quiero preguntar cómo reconoceré a Everest, pero Hutch ya está alejándose rápido. Me pongo la mochila en los hombros y empiezo a caminar hacia abajo. Ya estoy haciendo planes sobre qué le diré a mi equipo para poder extender mis vacaciones. Quizás esta noche pueda seducir a Teddy en la tina... y por la mañana hacerle el desayuno y llevárselo a la cama.

Supongo que debería intentar descubrir qué le sucedió a Bentley. Teddy dijo que tiene un equipo de personas intentando encontrarlo, pero no puedo imaginar por qué todavía no lo han localizado. No tiene sentido. Por alguna razón, no siento que esté perdido y solo en la montaña. Mis instintos me dicen que me abandonó y bajó por el camino. Por supuesto que no tenía las llaves del coche, pero es del tipo que simplemente contrata gente para salir de cualquier situación.

Una vez que haga funcionar mi teléfono, puedo intentar llamarlo.

Bajo por el sendero, tarareando para mí misma, sin nunca notar la sombra silenciosa que se desliza a mi lado.

* * *

Teddy

Subo rápido la montaña hacia la cabaña.

Hutch está esperándome en el escalón.

—No te enojes. —Él levanta las manos en el gesto universal de rendición.

—Demasiado tarde, —le digo mal—. Pasé media hora persiguiendo a los idiotas de tus hermanos.

—¿Están bien?

—Casi chocan el ave. —Empujo para pasar a su lado y contemplo la cabaña tranquila. La puerta de mi habitación está entreabierta. La cama está vacía. Giro hacia Hutch.

—¿Dónde está Lana?

Su nuez de Adán de Hutch se mueve.

—Se fue.

—¿Qué?

Él se endereza.

—No podía dejar que le borraras la mente.

Balbuceo, pero me suena el celular. Sólo un par de personas tienen mi número y no me llaman a menos que sea urgente.

—No te muevas, —le ordeno a Hutch y atiendo.

—Teddy, —es Rafe—. Encontramos a ese tipo que querías que rastreáramos. Bentley Dupree.

—¿Sí?

—Es malo, hermano. Le puso un precio a tu chica, Lana Langmeyer. Diez millones para matarla.

Todo el mundo se detiene. Diez millones es suficiente para tentar a un asesino. Por esa cifra, Bentley podría contratar al mejor de los mejores. A todo un equipo de asesinos.

—Dime que el trabajo sigue abierto, —le digo.

—Quisiera poder decirlo. Parece que alguien lo aceptó. Tienes que llevar a Lana a un lugar seguro, rápido.

Cuelgo y volteo hacia Hutch. Su rostro está blanco.

—¿Escuchaste eso?

Asiente.

—Alguien está intentando matar a Lana. Tenemos que encontrarla. Ahora.

* * *

Lana

Escucho el arroyo antes de verlo. Está más adelante, se asoma entre la cresota, pero no hay señales de que alguien me esté esperando. Ningún hombre rudo de montaña, ni doctor que luce respetable, ni trillizo idéntico. ¿Cómo lucirá Everest?

Una sombra gigante se mueve entre los árboles y volteo, abrazando mi mochila contra mi pecho.

—¿Everest?

Una cabeza larga y peluda con hocico negro sale entre dos álamos. Me quedo helada, cara a cara con el oso más grande que he visto. Luce conocido. De a poco se mueve hacia un lugar con luz y su pelaje blanco se puede ver con claridad.

Oh por dios. Es el mismo oso que estaba en las colmenas. No pude ver su pelaje entonces, pero ahora puedo. Es un blanco amarillento, de pies a cabeza. Un oso polar. No es un oso grolar.

Se levanta a sus patas traseras y lo miro boquiabierta. Me llama con su pata.

¿Esto es real?

Miro a mi alrededor pero no hay señales del hermano de Hutch, Everest. En vez de eso hay un oso polar gigante que respira impaciente y mueve la cabeza como si me indicara que lo siguiera. Se pone en cuatro patas y corre por el sendero; luego me vuelve a llamar con esa gran pata otra vez.

Está bien entonces. Asiento y sigo la forma pesada del oso polar entre el bosque de pinos.

Me lleva un tiempo bajar caminando, pero el oso es paciente. Cada tanto se detiene y levanta una pata para alentarme a seguir. Me da la sensación de que si me conociera más, me ofrecería subirme a su espalda.

No puedo creer cómo es esta montaña. ¿Quién está entrenando a todos estos osos sorprendentes? Quizás sea ese hermano misterioso, Everest. Cuando vuelva con Teddy, lo llenaré de preguntas hasta que me lo diga.

No tengo idea de dónde está la cabaña de Teddy en relación con el sendero original a la cima. Pero eventualmente el oso se detiene y me habla con su respiración mientras mueve la cabeza de mí hacia algún lugar frente a él. Voy en puntas de pie a su lado, bajando por la colina entre los pinos. Debajo de mí está el estacionamiento con la todoterreno negra que alquilamos, esperándome.

—OMG, —chillo y volteo hacia el oso polar—. Gracias. Teddy le habló al oso en su cocina, así que se siente natural dirigirme a él.

El oso baja su gran cabeza peluda. Levanta una pata y me saluda; lo miro correr de regreso al bosque sin dejar una hoja sin dar vuelta a su paso.

Más allá de una fina capa de polen que recubre el parabrisas, la todoterreno luce igual que como Bentley y yo la dejamos. Bajo con esfuerzo la colina hacia ella y saco el llavero de mi mochila. Todavía no puedo superar mi sorprendente caminata con un guía turístico osuno. Pero entre antes termine mis mandados, antes podré regresar con Teddy.

Presiono el botón para abrir las puertas y la todoterreno me responde con un chirrido. Allí está mi cargador, en el asiento delantero. Perfecto. Puedo hacer funcionar mi teléfono y hacer unas llamadas, luego encontrar la forma de llegar a la ciudad y cambiarme de ropa interior y pedir direcciones hacia la cabaña de Teddy.

Estoy a medio metro de la puerta de la todoterreno cuando alguien sale disparado desde los árboles que tengo encima, gritando.

—¡Lana!

Es Teddy. Sorprendida, miro con la boca abierta cómo corre bajando la colina y se apresura para llegar a mi lado, moviéndose más rápido de lo que debería ser posible. En el último segundo, se inclina hacia adelante y me taclea como un defensor; me pone sobre su hombro. Mi mochila sale volando.

—Teddy, ¿qué carajos? —Estoy con el trasero hacia arriba, el rostro hacia abajo, colgando de su hombro, con las trenzas cayendo sobre su trasero vestido con vaqueros ajustados—. No te iba a dejar para siempre. ¡Sólo quería cargar mi celular! —Tomo la camiseta de Teddy para balancearme mientras gira y se aleja del coche alquilado—. ¿Me bajas?

No me responde. Este es un hombre de montaña decidido.

—Al menos déjame trabar la puerta. —Me quejo y lucho por levantar la cabeza para asegurarme de que las luces se enciendan cuando trabo la puerta.

Estamos a unos metros de la todoterreno. Levanto el llavero y empiezo a golpear los botones, intentando volver a cerrarla. Se me resbala el dedo y suena la bocina. Sería más fácil hacer eso en posición vertical y no siendo llevada por un vikingo demente. Vuelvo a intentar y presiono otro botón, el circular que enciende el motor del coche.

El mundo explota en un estallido de luz y calor.

Capítulo Ocho

eddy
La bola de fuego de los restos de la todoterreno alquilada de Lana me quema los brazos expuestos y la nuca.

Me tiro al suelo, sacudiendo a Lana de forma en que mi cuerpo la cubra de la explosión. La tapo con mi tamaño, mis manos están debajo de su cabeza para ponerla contra mi hombro. El movimiento acalla sus gritos.

Pedazos de metal prendidos fuegos caen como lluvia a nuestro alrededor. Uno me golpea en la espalda; me arqueo y maldigo mientras lo sacudo para que caiga al suelo. Mi sanación de transformista puede ocuparse de cualquier herida en la piel. Proteger a Lana es mi prioridad.

Alguien le debe haber puesto una bomba al encendido del coche de Lana. O bien su hermano o el asesino que contrató. La explosión terminó y sólo dejó un fuego que arde junto a la carcasa arruinada de la todoterreno y un chillido agudo en mis oídos.

La alejé justo a tiempo. Hubo un momento justo antes de que saliera de entre los árboles en el que registré que el coche olía raro. Mis instintos se activaron y liberé mi velocidad transformista para salvarla. No importa que ella haya visto mis dotes sobrenaturales a plena luz del día. Lo único que importa es mantenerla con vida.

—OMG. —Lana toma mi camiseta, temblando. Está hiperventilando.

—Está bien. Te tengo. —La levanto y tomo su rostro—. Estás bien.

—¿Qué acaba de pasar?

—Una bomba.

El ruido de una bala es mi única advertencia. Me echo sobre Lana e intento no apoyar mi peso sobre ella mientras nos abrazamos al piso. Un objeto negro aparece en el cielo y vuela por encima de un álamo. Un dron. Nos está disparando.

Maldición, su hermanastro lo está dejando todo. Si la bomba no la alcanzaba, el dron francotirador lo hará.

Una bala rebota sobre mi espalda. Grito.

Y mi oso decide que ha sido suficiente. En una respiración, soy humano. En la próxima, soy un monstruo peludo con suficiente peso y tamaño como para cubrir a Lana de la luz del sol y del aire caliente. Mi grito se contorsiona en mi garganta y sale como un rugido inhumano.

Mis vaqueros y camiseta se reducen a tiras de tela esparcidas a nuestro alrededor en un patrón de círculo. Debajo de mí, Lana se queja.

El dron todavía está armado y nos dispara a voluntad. Es hora de salir de aquí, mierda.

Levanto a Lana como un bombero y voy a máxima velocidad. Soy un hombre oso y en forma de oso tengo mayor rapidez que cualquier criatura viva. Tengo sus partes más vulnerables, su cabeza y torso, protegidas frente a mí para poder cubrirla de las balas.

Salto hacia el bosque y choco con los arbustos. El dron nos sigue, seguido por otro. Están zumbando entre los árboles, nos disparan e intentan darme. Las balas pasan como avispones enojados por encima de nuestras cabezas. Pongo a Lana más cerca y exploto con mi velocidad transformista. Debo sacarla de aquí. Debo mantenerla a salvo.

Nada más importa.

* * *

Lana

La piel de mi rostro se siente como si hubiera estado recostada en la piscina demasiado tiempo. El olor a metal quemado sigue en mis fosas nasales. Toso, intentando sacar el humo. Tiemblo, me pego más a la criatura grande y peluda que me lleva.

Mi todoterreno acaba de explotar. Estoy bastante segura de que eso no está cubierto por ningún seguro de viajes. Pero es el menor de mis problemas.

Alguien está disparándome a mí y a Teddy. Estiro el cuello, pero no logro ver al francotirador. Una bala choca con el tronco junto a mí. Me quejo y agacho la cabeza. Árboles, rocas, arbustos que se transforman en una mezcla de verde-marrón.

El monstruo peludo gruñe y se tensa, se dobla sobre mí mientras levanta velocidad. El viento pasa rápido a mi alrededor. Nos movemos a tal velocidad que mis ojos lloran. Me quejo y agacho la cabeza mientras me sostengo del pelaje con todas mis fuerzas. Presiono el rostro contra el refugio suave de su cuello y respiración. El aroma a Teddy llega a mis pulmones.

De alguna forma esta criatura es Teddy. Lo vi con mis propios ojos. Un momento era mi vikingo arisco, corriendo del bosque para rescatarme. En el siguiente se había convertido en una criatura. Y no sólo una criatura: un oso. El mismo oso marrón que vi en la cumbre. Todos los recuerdos vuelven rápidamente.

Finalmente, el oso va más lento. El mundo se enfoca. Estamos sobre una grieta rocosa a la sombra de unos pinos. Está tranquilo, con la bendición de no tener balas o explosiones. Es seguro.

Teddy me baja y se para en sus patas traseras. Y entonces su forma vuelve a encogerse hasta que es Teddy el que me está mirando fijo. Un Teddy muy desnudo; cada músculo y tatuaje colorido está a la vista.

—Teddy. —Lo señalo con un dedo tembloroso—. Eres un...

—Un oso, —confirma. Su voz es un gruñido que casi es demasiado grave para ser humano. Se aclara la garganta y me mira con atención. Sus ojos normalmente grises brillan de un color dorado extraño mientras reflejan la luz—. ¿Estás bien? ¿Te dieron

Pongo las manos sobre mi pecho y miro hacia abajo revisando.

—No, no me dieron. —Me toco la frente, casi que espero sentir un vendaje. Quizás estoy en un hospital, alucinando todo esto—. ¿Qué fue eso?

—Alguien nos estaba disparando. Estaban usando drones.

—Mi coche explotó.

—Está bien, bebé. Nos escapamos. Ahora estás a salvo.

Me caigo, de repente estoy exhausta. Teddy frunce el ceño mientras me dejo deslizarme hasta el piso y me inclino contra una roca.

—Alguien está intentando matarme. Y tú eres... Teddy... eres un oso.

Teddy se agacha frente a mí y luce desconfiado.

—Un hombre oso, —me corrige.

Hombre oso. Un humano que se transforma en un oso. Un oso real. Con mucho pelaje, orejitas tiernas.

—OMG, —susurro.

Teddy me observa con atención. Las líneas marcadas de sus pómulos, sus cejas rubias y cabello corto, su barba alocada; todo es tan humano. Es igual a Teddy, un vikingo apuesto y gruñón.

Pero hay una criatura que acecha adentro. Su parte oso. Es imposible, pero es real. Siento la verdad de esto dentro de mí. Pienso en todos los osos que he visto desde que lo conocí y todo tiene sentido. Sus hermanos, todo ellos, deben ser hombres oso también.

Su mirada baja hasta el piso y él parece... triste.

Me muerdo el labio, me pongo de rodillas y me acerco más a él. Estiro la mano y dejo que se quede entre nosotros, quiero que toque su rostro pero no me atrevo.

—¿Estás bien? —susurro—. ¿Te duele? Cuando tú...

—Cambio, —me da la palabra—. O me transformo. —Niega con la cabeza—. No, no duele.

Cruzo la distancia entre nosotros y tomo su mejilla con una mano. Su piel está caliente, afiebrada. Quema mi palma, pero se siente bien. Está vivo. Esto es real.

—Teddy, —susurro. Él se pega a mi palma, así que pongo mi otra mano sobre su otra mejilla y lo traigo hacia adelante. Siento su aroma, pinos y menta silvestre y un poco de humo. Es intoxicante como un shot de whiskey—. Me salvaste. —Descanso la frente contra la suya; necesito más de su piel sobre la mía. Más de su aroma y calor. Mis labios rozan los suyos y él gruñe.

—Lana, —dice con voz rasposa y toma mi nuca, poniendo un puño en mis trenzas y llevándome más cerca.

Y luego estamos abrazados, yo en su regazo, intentando envolverlo mientras él mueve mi cabeza hacia atrás y me besa tan fuerte que su barba quema mi piel. Me gira y me pone boca arriba, cubriéndome con toda su gloria desnuda. Lo toco mientras me quito los pantalones de senderismo.

—Teddy. —Tomo sus hombros y me muevo hacia arriba mientras lo traigo más cerca.

Tengo los pechos hinchados, adoloridos. Me froto contra él e intento calmarme. Tengo partes quemadas en el rostro y no me importa. Quiero que su barba raspe cada centímetro de mi piel. Quiero que me tire de las trenzas hasta que me duela el cuero cabelludo. Hasta saber que ambos estamos vivos.

* * *

Teddy

Lana suspira en mi boca. Intento poner algo de espacio entre nosotros y sus uñas se clavan en mi trasero desnudo.

—Tranquila, bebé. Sólo me aseguro de que estés cómoda.

—Te necesito dentro de mí ahora, —resopla.

No parece estar demasiado sorprendida de descubrir que soy un oso. Tampoco tiene el brillo de estar tramando algo como tenía Tiffany. No, Lana sólo parece estar *excitada*.

Lo que hace que resistirme sea imposible. Debería estar lamentándome por el hecho de que sepa. Que definitivamente tendré que borrarle la lente ahora. Pero en todo lo que puedo pensar es en sexo.

Estoy totalmente desnudo y ella está a medio camino. Está tirada en el suelo con hojas en la parte superior de su cabeza. Ni siquiera tengo una manta o un abrigo para poner debajo de ella.

Me gruñe, lo suficientemente fuerte como para impresionar a cualquier hombre oso. Me conformo con quitarle la camisa escocesa que tomó prestada esta mañana. La tela ya huele a ella, a miel y laurel mezclados con mi aroma. Es el mejor aroma del mundo.

Ella me está tocando, codiciosa, y agarro ambas de sus muñecas pequeñas con una mano mientras toco el lugar suave entre sus piernas con la otra. El pequeño murmuro que emite me hace desearla.

—Necesito hacer que estés lista. —Hundo dos dedos en su vagina dulce y lo doblo para encontrar su punto g—. Mierda, bebé, estás muy empapada. —Sus fluidos mojan mi palma—. Quiero que acabes para mí. —Le bajo la camisola y expongo sus pechos—. Manos arriba de la cabeza, —le ordeno. Ni bien le suelto las muñecas, ella estira los brazos y pone sus propias manos en el lugar donde estarían si la hubiera atado. Su espalda se arquea y sus pechos se levantan en una vista que me quita el aliento—. Eres realmente perfecta. —La recompenso acariciando un pecho y frotando mi pulgar sobre su pezón marcado mientras se lo hago con los dedos—. Vas a acabar, bebé. Ahora. Acaba en toda mi mano. Deja que te sienta.

Sus caderas tiemblan y se retuercen mientras se toca con mis dedos. Le pellizco un pezón y muevo la cabeza hacia adelante para calmar el dolor con mi lengua. Froto mi barba sobre la hendidura entre sus pechos y ella convulsiona, acaba sobre toda mi mano.

—Mierda, sí, bebé. Eso es. —Sigo acariciando y provocándola más—. Buena chica. Ahora. Ponte en cuatro para mí. —La ayudo a darse vuelta y me aseguro de que esté arrodillada sobre mi camisa escocesa—. Es mi turno. —Acaricio mi miembro en su calor sedoso y sostengo sus caderas. Ella se inclina hacia adelante y se prepara mientras empujo más y más fuerte—. Eres mi niña buena, —la felicito mientras muevo mi cuerpo hacia adelante con cada empujón—. Tomas tan bien mi pene.

—Sí, sí, sí, —responde entre quejidos. Ella mueve las rodillas para abrirlas más y arquea la espalda.

Me estiro para poner la palma sobre el monte suave de su barriga y deslizo una mano hacia abajo hasta encontrar el lugar húmedo entre sus piernas. Froto su clítoris.

—Acabarás de nuevo, —le informo—. ¿Lo entiendes?

—Sí, Teddy.

—Pon la mano entre tus piernas, frótate.

Con un pequeño ruido de sorpresa, hace lo que le ordeno.

—Acaba de nuevo. Ahora. —Toco su pecho, provocando y pinchando, escuchando con atención cada respiración entrecortada. Sigue metiéndome y saliendo de ella al mismo ritmo hasta que sus músculos internos se mueven por mi largo. Su vagina presiona mi pene con tanta fuerza que veo las estrellas.

Su grito vacilante es lo más dulce que he oído. Sostengo sus trenzas con mi mano libre para llevar su cabeza hacia atrás.

—Ahora te lo haré fuerte. Y vas a acabar. Una y otra vez. —La pongo de rodillas. Prácticamente está sobre mi regazo otra vez, rebotando sobre mi miembro mientras le doy fuerte, empujando hacia adelante. Sus pechos rebotan con cada empujón fuerte.

Le suelto el cabello y su cabeza naturalmente se mueve sobre mi hombro, mostrando el espacio entre su hombro y cuello. Inclino la cabeza y le muerdo la piel, sin hacer que sangre. Sí, grita mi oso. Mierda, casi la marco otra vez. Sería tan natural dejar que mis colmillos se hundieran en su piel y la reclamaran por siempre. Dejar mi esencia permanentemente unida a su piel para que todos los transformistas la reconocieran.

Pero en vez de eso muevo las caderas y la acaricio, fuerte y profundo, una y otra vez, hasta que está acabando tanto que no sé cuándo termina un orgasmo y empieza el siguiente.

Al final, con un aullido, acabo profundo dentro de ella. Mi pene se libera una y otra vez, llenándola. Hay tanto semen que apostaría a que no me queda una gota de agua en el cuerpo cuando termino. Y no es suficiente. Quiero marcarla, justo aquí, justo ahora, y hacérselo de nuevo hasta que la marca de mi pene está en su vientre.

—Lana. —La muevo para poder ver su expresión.

Está sin fuerza en mis brazos, pero hay una sonrisita en su rostro. Beso sus mejillas brillantes y me salgo, cubriéndola para que su piel suave esté protegida del suelo descubierto. El sol que está encima se esconde detrás de una nube y la temperatura baja. Estamos acostados con los brazos y piernas entrelazados, dejando que el calor del momento se desvanezca y nuestros latidos vayan a la par.

He corrido tan lejos y rápido que los drones no pueden encontrarnos. Estamos a salvo por el momento. Eventualmente necesitaremos movernos, pero sólo quiero estar recostado aquí con esta humana perfecta en mis brazos.

Se siente una brisa y Lana se pega a mí.

—¿Tienes frío? —Muevo sus trenzas de su rostro y le quito pequeñas hojas marrones que se pegan a su cabello negro y rosa brillante.

—Estaré bien.

—Nos moveremos pronto.

—Teddy, —murmura—. Odio arruinar este momento,

pero debo saberlo. ¿Cuándo ibas a decirme que mi hermanastro intenta asesinarme?

Mi pecho se desinfla.

—Entonces lo recuerdas.

—Creo que así es, —responde—. Tenía un cuchillo y me amenazaba. Le arrojé la urna, pero no se alejaba. Y luego...

—Un oso salió del bosque, —termino por ella.

Ella se mueve en el pliegue de mi brazo hasta que se está mirando de frente.

—¿Eras tú, verdad?

—Sentí tu aroma en el bosque y no podía dejar que te lastime. Nunca dejaré que nadie te lastime.

—¿Por qué?

En vez de responder, inclino la cabeza y la beso. Tocar sus labios hace que mi pene preste atención, así que me detengo antes de darla vuelta y hacérselo hasta que le duela.

Una pequeña línea se forma en el espacio entre sus cejas. La froto con mi pulgar hasta que desaparece.

—¿Por qué no me dijiste lo que pasó con Bentley?

—Quería ver si lo recordabas. Y no sabía cómo explicarte sin contarte esa parte.

—¿Que puedes transformarte en un oso?

Estoy en partes iguales emocionado y asustado por escuchar a Lana decir eso en voz alta.

—Es un secreto, bebé. Uno que esta montaña ha guardado desde siempre. Tiene que seguir siendo por siempre.

—No puedo creerlo. —Ella se queda mirando la nada—. Los hombres oso son reales. Eres realmente veloz, —dice forma ausente—.

Y fuerte. Y sanas rápido.

Como después de la pelea con tu hermano. O cuando te moviste tan rápido por la habitación. O las balas que te dieron y no te lastimaron.

Dios, he metido tanto la pata. Mi oso seguía exponiéndose ante ella, el muy maldito. Quería que ella lo viera. Quería que ella supiera lo que soy.

Pareja, mi oso me recuerda.

—¿Qué hay del oso en la cocina? —Pregunta Lana—. ¿Y el oso polar, el que trabajaba con las colmenas?

Hay una sensación de que mi estómago se hunde, seguida por alivio. Lana es inteligente. Se dará cuenta de todo, así que será mejor que le cuente todo. No sé qué nos depara el futuro, pero ahora mismo no quiero secretos entre nosotros.

—Son mis hermanos. El de la cocina era Axel. El oso polar es Everest.

—Everest, —susurra—. Hutch dijo que su hermano Everest me guiaría hasta mi coche. Un oso polar apareció. Actuaba muy humano.

—Sí. Ese es Everest.

Lana se estira y me quita la arruga del ceño con su pulgar. Ella sigue la forma de mis rasgos y los estudia como intentara encontrar evidencia de mi oso.

—¿Y qué hay de los trillizos? ¿Hutch y Canyon y Bern? ¿Matthias?

—También son transformistas. Hombres oso. Todavía no los has visto en forma de oso. El problema con contarle todo a Lana es que estos no son sólo mis secretos. Todos están afectados cuando uno de nosotros se revela ante un humano. Si ese humano decide traicionarnos, todos estamos en peligro.

«*Ella no le contaría a nadie*», sostuvo Hutch. Tengo que estar de acuerdo. Pero nada es seguro.

—Esto es increíble, —dice Lana—. Es como si estuviera en un mundo totalmente nuevo. Uno dirigido por osos.

Pensé que los osos de por aquí eran especiales. Y lo son. —Ella se ríe—. Son todos hombres oso.

—No hay nada especial acerca de nosotros.

Ella es tan tierna; no puedo evitar sonreír.

—No estoy de acuerdo. ¡OMG! —Ella chilla y pone una mano sobre su boca—. Tienes cortinas con osos. Pensé que era tan tierno que siguieran una temática. Ositos lindos por todas partes.

—Es el tipo de bromas de Hutch. No hay nada pequeño en mí. —La traigo más cerca y presiono mi pene contra su espalda, para recordárselo.

—No, no lo hay, —murmura—. Pero tu oso es muy tierno.

La aprieto y relajo mi cabeza hacia atrás para mirar el cielo. Mi oso se está arreglando.

Ella sigue hablando, piensa medio dormida,

—Ocho hermanos, todos hombres oso. Tu mamá debe haber tenido las mejores fotos de navidad.

El hielo se mueve por mi columna.

—No, —respondo, tensándome otra vez—. Ninguna foto. Esto es un secreto y nadie puede saberlo.

Ella se gira para bajarse de encima mío y mirarme a la cara.

—Lo entiendo, —me jura, y sus ojos se quedan mirando los míos.

Nos miramos fijo y yo analizo su rostro.

«Ella no le contaría a nadie», había dicho Hutch.

«No lo sabes», había respondido yo.

Lana luce seria.

—Teddy, lo prometo.

Debería estar feliz. Lana es mía. Pero algo de duda todavía me carcome. Ya he estado en esta situación y no terminó bien.

Asiento, la busco, pero el momento se arruinó y ella se para para para ponerse los pantalones de senderismo. Suspiro y me levanto. Tendré que correr de regreso desnudo.

Ayudo a Lana a vestirse. Ella me ofrece mi camisa escosa y me la ato a la cintura.

—¿Qué haremos acerca de Bentley?

—Tengo un equipo trabajando en ello. Lo encontrarán. Mientras tanto, no es seguro que estés aquí. Vamos. —La tomo en mis brazos.

Mi cabaña puede o no estar comprometida, pero las de mis hermanos están mejor escondidas. Lo que significa que, hasta que acabemos con el asesino, tendremos que quedarnos con ellos.

Capítulo Nueve

Lana

—Tenemos que dejar de encontrarnos así. —Matthias mira mi cuero cabelludo. Estoy en un sofá en una cabaña más nueva y grande que le pertenece a los Tres Terribles y al misterioso hermano Axel.

Esta es la cabaña en la que nos criamos, me dijo Teddy. Parecía distraído, así que me contuve de pedirle un recorrido. Desde mi lugar en el sofá, la cabaña luce similar a la de Teddy, hecha de pino tallado y llena de muebles gastados y muy amados. La principal diferencia es el hogar más grande y las habitaciones adicionales que salen de la sala principal.

Teddy está afuera ahora, en el teléfono. Lo escuché hablado con alguien llamado Deke y pidiéndole una «limpieza» y decidí que no necesitaba escuchar más. Luego Matthias vino con su bolso negro y me revisó.

—Estoy bien. —Le sonrío a Matthias—. Sólo un poco temblorosa.

—Eso es esperable. —Vuelve a poner sus instrumentos en el bolso negro y se quita los guantes—. Tu cabeza luce bien. No hay nuevas heridas. Te prescribiría descanso y que evites el estrés por un par de días, pero algo me dice que puede que eso te resulte difícil.

—Está bien. Nunca he tenido a alguien que quisiera matarme, pero tampoco un hombre oso que me protegiera.

—Es una buena señal que hayas recuperado todos tus recuerdos. Nos estábamos preguntando si lo recordarías. —Matthias me mira con intención.

—No se lo diré a nadie. Lo prometo.

—Está bien, Lana. No es sólo el secreto de Teddy. La seguridad de toda nuestra familia depende de tu silencio.

—Lo entiendo. Nunca diría nada. Sé guardar un secreto. —Me cruzo de brazos como una niñita buena que repite lo que los adultos quieren escuchar.

Teddy parece mucho más tenso desde que volvimos a la cabaña y algo me dice que no es sólo porque intenta encontrar al asesino. Compartir un secreto de toda la vida es un tema importante.

—Bien. —Matthias se acomoda los lentes y el ángulo hace que los lentes se vuelvan opacos y escondan sus ojos—. Porque si lo haces, habrá consecuencias.

Trago saliva.

—No quiero asustarte, —Matthias usa un tono más gentil—, pero nos tomamos muy en serio nuestra privacidad.

—Por supuesto. Yo también la tomo en serio. Lo prometo. —Cruzo los dedos. Pensé que Teddy y sus hermanos eran los malotes y que Matthias era el inteligente, educado, pero me retuerzo bajo su mirada seria. Podría hacer que un terrorista se quebrara en dos minutos, sin necesidad de usar la fuerza—. ¿Hay algún otro humano que lo sepa?

—Un grupo reducido. La mayoría de ellos son pareja de transformistas.

—¿Pareja?

—Los transformistas tienen pareja.

—¿Como un alma gemela?

—Es similar. El concepto de alma gemela en el mundo humano es una linda idea para los románticos, pero para nosotros transformistas es lo más importante en el mundo. La pareja de un transformista es la única persona en el mundo hecha para él o ella. Cuando un transformista encuentra a su pareja, su yo animal la acepta de inmediato. Se supone que estén juntos. Para toda la vida. Es el destino.

—Destino, —repito en un susurro.

¿Teddy no había susurrado algo acerca del destino después de la primera vez que tuvimos sexo?

Me abrazo para contener el vértigo que se está formando en mí. ¿Soy la pareja de Teddy? ¿La única en el mundo hecha para él? Sería lo mejor que me ha pasado. Quiero que sea verdad.

Quiero preguntar un millón de cosas, pero pueden esperar a Teddy.

—¿Listo? —Teddy está en el umbral de la puerta, sostiene el teléfono que tomó prestado de Matthias.

—La paciente fue revisada. Todo está bien.

Saludo a Teddy con la mano y lo llamo para que vena a mi lado. La línea de sus hombros está rígida, pero viene hacia mí de inmediato y se sienta en el sofá para ponerme a su lado. De inmediato, ambos nos relajamos.

Pareja. La palabra rebota en mi cráneo, me llena de calor y mariposas ebrias. Sentí una conexión con Teddy desde el comienzo. ¿Lo de pareja funciona para ambos?

—Tengo buenas noticias y malas noticias, —dice Canyon—. Las buenas son que encontramos los drones y los destruimos.

Teddy gruñe.

—¿Al menos uno de ellos está en una pieza?

—No, —responde Hutch—. Canyon inventó un nuevo juego llamado «Rompe el dron contra una piedra con una rama»

—Es como el beisbol, pero la pelota te dispara a ti, —añade Canyon.

—Perdón. —Hutch le pasa una bolsa de tela a Teddy que está lleno de contenidos que tintinean—. Nos dejamos llevar un poco.

Teddy busca en la bolsa y saca un pedazo negro brillante que es más pequeño que un teléfono. Los tristes restos del dron.

—Maldición. Podríamos haber usado esto para rastrear al asesino. —Teddy se frota la cabeza de pelo muy corta con la mano—. Le daré esto a la manada de lobos Wolf para que vean qué pueden hacer. Teddy vuelve a arrojar el pedazo a la bolsa. —¿Cuáles eran las malas noticias?

—Uh, no, —dice Canyon, —hay más.

—¿Dónde está Bern?

—Está con Everest. ¿Llamaste a la manada de lobos Wolf acerca de la limpieza? Porque tengo otras coordinadas para ellos. Longitud y altitud.

—¿Qué hiciste? —Gruñe Teddy.

—Fue Everest, —responde Hutch—. Tenía buenas intenciones. Es quien nos mostró la dirección de los drones. Escuchamos la explosión y vimos que los seguían. Nos encargamos de ellos.

—Sí, —interrumpe Canyon—. Fue genial. Estaban zumbando a nuestro alrededor y todos estábamos como... —hace tomas de karate en el aire con ruidos de disparo «piu piu».

—Canyon —Hutch hace una seña de cortarse la garganta.

Canyon abandona su relato dramático de los eventos y deja caer los brazos cuando nota la mirada de Teddy.

—Perdón.

—De todos modos, —continúa Hutch— Everest nos contó acerca de la explosión. Estaba mirando desde el bosque. De hecho, es el que dijo que la todoterreno olía algo extraña cuando la llevó a Lana al principio.

—¿Entonces por qué la llevó allí y la dejó sola? —Explota Teddy.

Pongo una mano sobre su espalda, la froto, y él se calla, cierra los ojos y se aprieta la nariz.

—No importa.

—Bueno, —dice Hutch— Everest siguió avanzando y siguió el aroma por el sendero. Entonces mientras el asesino enviaba sus drones hacia ustedes, Everest estaba cazándolo.

—Por favor dime que lo tienen.

—Algo así. —Hutch mira con culpa en mi dirección.

Teddy lo ve y se va hacia atrás, pone su brazo a mi alrededor.

—Puedes hablar con libertad frente a Lana. Ya lo sabe todo.

—¿Ah, sí? —Canyon y Hutch muestran sonrisas idénticas—. Bienvenida a la familia.

—Gracias. —Les devuelvo la sonrisa. A mi lado Teddy está tenso, pero por supuesto que es así, después de todo lo que pasamos. Tomo su mano y la aprieto; la línea rígida de sus hombros se relaja.

—De todas formas, Everest lo persiguió. Y el asesino ya estaba asustado o algo...

—Si tenía alguna visual a través del dron, me vio transformarme, —explica Teddy.

Hay una pausa mientras los hermanos digieren esto.

—Entonces lo que pasó es en parte bueno, —dice Hutch

—. Everest persiguió al asesino y por accidente se cayó por un acantilado.

Teddy deja caer su cabeza y se cubre el rostro con la mano.

—¿Sobrevivió? —Pregunta Matthias.

—No, está bien muerto, —responde Hutch.

Chillo y me cubro la boca con la mano. Todos los hermanos me miran.

—Bueno, —digo, cuando finalmente encuentro mi voz—. No le podría haber sucedido a una mejor persona.

—Ah, sí. —Hutch mueve la cabeza y mira a Teddy—. Por eso necesito darte las coordinadas de dónde está. Everest y Bern están esperando con el cuerpo.

—Claro. —Teddy le pasa el teléfono a Canyon—. Marca para volver a llamar y pedir más limpieza.

—¡Copado! —Canyon toma el teléfono y desaparece afuera—.

—¿Hay algún otro equipamiento que hayan encontrado? —Le pregunta Teddy a Hutch.

—No, pero podemos volver y revisarlo.

—Lo que sea que encontremos, podemos dárselo a la manada de lobos Black en caso de que los ayude a rastrear a los asesinos.

Resoplo. Esta es la conversación más bizarra que he tenido y eso incluye una con un productor cinematográfico y mi director de marca en la que querían que hiciera un comercial de DiosaVestimenta con pavos reales entrenados, un lanzamiento de cohete y modelos tiradas en una piscina llena de gelatina roja. Por más extraño que pueda ser la mercadotecnia de una marca, este día lleno de asesinos y de descubrir la existencia de osos transformistas le gana a todo.

—¿Crees que el asesino trabajara con un equipo? —Se pregunta Matthias.

—Quizás, —responde Teddy—. Pero ahora mi instinto me dice que los drones probablemente sean su equipo.

—¿Eso significa que terminó? —Pregunto.

Silencio. El brazo de Teddy se tensa a mi alrededor.

—Podría ser. Mis amigos, la manada de lobos Black, son expertos. Están intentando rastrear a Bentley.

Bentley. Cruzo los dedos.

—¿Saben con seguridad que él está detrás de esto?

—Lana. —Teddy sostiene mi mentón y me gira para que lo mire—. Además del asesino, tu hermanastro es la única persona que intentó matarte en las últimas cuarenta y ocho horas. Diría que este es el subiendo la apuesta.

Mierda. Es una cosa ser parte de una familia disfuncional. Otra es aceptar que tu hermanastro está intentando matarte por tu herencia.

Trago saliva.

Teddy me acaricia la mejilla con el pulgar.

—Te protegeré, bebé.

—Sé que lo harás, —le susurro.

Él presiona su frente contra la mía. Su aroma me llega y todo el estrés de mi cuerpo se derrite y se hace nada.

—Hueles tan bien. —Llevo la cabeza hacia su cuello para olerlo mejor—. Cuando todo esto acabe, embotellaré este aroma y lo transformaré en una línea de velas.

—Lana.

—No te preocupes. —Lo abrazo más fuerte—. Serán velas masculinas. Y nunca revelaré la inspiración secreta para el producto.

No puedo ver su rostro, pero siento que su mejilla se curva en una sonrisa.

—Listo. —Canyon vuelve a entrar a la cabaña y sostiene el teléfono de Teddy—. Deke dice que se encargarán de eso.

—Deke es un tipo rudo, —dice Hutch y Canyon está de acuerdo.

—¿Quién es Deke? —Pregunto.

—Un amigo mío, de la unidad, —responde Teddy.

—¿Del ejército?

—Sí. Es un lobo transformista, —dice Canyon efusivamente—. Parte de la manada de lobos Black Viven en Taos.

—¿Son lobos transformistas? —Volteo hacia Teddy—. ¿Como... hombres lobo?

—Se vuelven lobos en vez de oso, así que sí. —Teddy acaricia el costado de mi muslo.

—Guau. —Me muevo en mi asiento. El calor pasa por mi cuerpo con cada caricia de los dedos provocadores de Teddy. Me está mirando como si quisiera alejarme de sus hermanos y llevarme a un lugar lejano. Yo también quiero eso, pero ahora mismo, mi curiosidad puede más—. Todo es tan increíble. Hay todo un mundo allí afuera que nunca conocí. ¿Cómo han podido mantenerlo en secreto?

Los dedos de Teddy se quedan quietos.

—Somos bastante buenos manteniéndonos escondidos, —dice Matthias—. Y si un humano se entera lo que no se supone que sepan, siempre hay formas de asegurarse de que se olviden.

Bueno, eso no suena para nada aterrador.

Me encojo cerca de Teddy y dejo de hacer ese tipo de preguntas.

—Lo importante es que nos encargamos del asesino. —Y sobrevivimos.

Hutch se aclara la garganta.

—En realidad, no hemos terminado de contarte todas las buenas y malas noticias. Esas de hecho eran todas las buenas. Y todavía no hemos llegado a las malas.

Teddy se vuelve a frotar la frente.

—¿Y ahora qué?

—Las noticias realmente malas son que Daisy fue a tu cabaña poco después de que te fuiste. Estaba convocando una reunión de emergencia de la ciudad. Darius estará allí.

—¿Darius? —Repito. El pecho de Teddy vibra con un gruñido.

—Sí. Daisy dice que Darius presentará su idea para salvar a la ciudad. Se supone que todos votemos.

—¿Cuándo? —Grita Teddy.

—Esta noche.

—Hablaré con ella, —dice Matthias—. Veré si puede posponerlo.

Hutch se rasca la cabeza.

—No lo sé, hermano mayor. Daisy está bastante convencida. Ella dice que es hora de oponernos o callarnos. Y Darius se tomó un vuelo.

—Muy bien, —gruñe Teddy—. Primero lo primero. Coordinamos con la manada de lobos Black. Nos aseguramos de limpiar nuestro desastre.

—¿Qué hay de la reunión de ayuntamiento? —Pregunta Canyon—. ¿Quieres que Darius gane?

—Bien, —se queja Teddy—. Si todo sale bien en las próximas horas, iremos a votar. Pero creo que todos podemos estar de acuerdo en que mantener a salvo a Lana es una prioridad.

Sus hermanos asienten en coro y todas las mariposas cálidas que me llenan amenazan con hacerme explotar en lágrimas.

Capítulo Diez

Lana

Después de unos preciosos minutos acurrucándome con Teddy en el sillón, recibe un mensaje de la manada de lobos Black.

—Me necesitan para darme información. —Guarda el teléfono en el bolsillo con un suspiro—. Debo irme. Tienes que quedarte aquí, donde estás a salvo.

—Bueno, —respondo—. Estaré bien.

—Regresaré ni bien pueda, bebé. —Teddy me besa, una vez en los labios, una vez en la frente.

—Sólo dormiré una siestita. —Me tapo la boca para esconder un bostezo.

Estoy cansada. Y sobrepasada. Ni siquiera por todas las bombas que explotan con todo lo que pensé que sabía acerca del mundo o del intento de quitarme la vida, sino por la forma en la que Teddy y sus hermanos me han recibido. Tras años de ser excluida por mi familia cercana, me siento como si hubiera salido del frío. Como si me hubieran dejado entrar.

—Puedes dormir la siesta aquí mismo. Hutch y Canyon

estarán cerca. Te traerán lo que necesitas. Teddy me vuelve a besar y señala con un dedo a los Tres Terribles. —Confío en que mantengan a Lana a salvo.

Hutch y Canyon prestan atención.

—¡Señor, sí, señor! —Canyon da un saludo militar—. La cuidaremos con nuestras vidas.

—Un ejército podría venir a buscarla y pelearíamos con todos.

—¡La victoria o la muerte!

—Bueno. Bien, —responde Teddy—. Cuento con ustedes. —Se agacha para salir de la cabaña y yo me quito las lágrimas de los ojos antes de que Hutch y Canyon las vean.

Termino durmiéndome ahí en el sofá. Cuando despierto, estoy tapada con una manta. Hutch se mueve por la cocina, pero no hay nadie más alrededor.

Hutch me escucha moverme y viene con un vaso de agua. Lo acepto y murmuro «gracias» e inclino el vaso para esconder mi sonrisa. Estos hermanos Osos Malvados son tan caballeros.

Hutch se queda a mi lado.

—¿Dormiste bien?

—Así fue. ¿Me perdí de algo?

—Nop. Teddy todavía no ha regresado, pero debería volver pronto. Canyon y yo haremos la cena. Salmon grillado y ensalada con queso de cabra y moras.

—Eso suena bien.

—Es la comida preferida de Teddy. Después de cenar, todos iremos a la reunión de ayuntamiento. Matthias no pudo convencer a Daisy de posponerla, así que Teddy pidió que todos participáramos. Todos nosotros estaremos allí para detener a Darius. Cada voto cuenta.

Me incorporo y muevo mis trenzas hacia atrás.

—¿Y esta reunión es acerca de salvar la montaña?

—Sip. —Canyon asoma la cabeza desde el pasillo.

—Entonces, con todas las conmociones, no tuve la oportunidad de preguntar. ¿Por qué es tan importante detener a Darius? Dicen que tienen que salvar la montaña, ¿pero por qué? ¿Quién la amenaza?

—Es una larga historia. —Canyon se acerca y se deja caer sobre el sillón gastado que mira al sofá—. Todo se resume en que el ayuntamiento necesitaba dinero para hacer algunas cosas. Querían construir algunos caminos nuevos. Arreglar la torre de agua, mejorar el sistema cloacal, cosas así. Entonces pidieron préstamos—. Emitieron un bono. Así es como lo dicen. Como sea. —Canyon mueve una mano—. Por desgracia, el bono lo compró un fondo de inversión despiadado. Y ahora quieren que les devuelvan todo el dinero.

—Además de una suma de intereses descabellada, — dice Hutch—. Daisy dijo que preferiría deberle dinero a un cartel que a un fondo de inversión.

—Diablos. Sé a lo que se refiere, —digo. DiosaIndumentaria tiene sus propias ofertas de inversores interesados, lo que incluye fondos de inversión. Despiadado es una forma educada de describirlos—. ¿Entonces cuánto dinero tienen que devolver?

—Como diez millones, —me dice Hutch. —Para una ciudad pequeña, es una cantidad enorme.

—Pero está bien, —acota Canyon y pone sus botas sobre la mesa de café—. Podemos volver a ganar el dinero. Tengo muchas ideas.

Hutch se mofa.

—Lo hemos intentado todo. Empezamos a tener gallinas, para poder vender los huevos. Pero nos comemos la mayoría.

Canyon se toca el estómago descubierto.

—Soy un oso en crecimiento.

—Claro que lo eres. —Hutch pone los ojos en blanco.

Canyon se sienta y se truena los dedos.

—¿Qué hay de las colmenas? Podríamos vender la miel.

—Ah, eso sería lindo, —acoto—. Ya puedo imaginar los logos: Granja de miel osos malvados.

—No, —dice Bern—. Everest no quiere que tomemos la miel. Está demasiado encariñado con las abejas. Además, ¿cómo ganaremos diez millones vendiendo productos en un mercado de agricultores? Necesitamos pensar de otra forma. —Él pone su mentón en sus manos y luce triste—. Teddy tiene un negocio de helicópteros, pero todavía no quiere expandirlo.

—Y después del divertido paseo de hoy, es probable que no me deje volver a acercarme a su nave por lo pronto. —Canyon luce igual de desalentado.

—Qué mal, —digo—. Podría hacerles un par de trajes haciendo juego.

—¿Trajes haciendo juego? —responde Hutch. —Aww, hermano. Tenemos que convencer a Teddy.

—Buena suerte con eso, —dice Canyon—. La cosa es que necesitamos encontrar la manera de conseguir dinero rápido.

—Entiendo. ¿Y cómo entra Darius en todo esto?

—Tiene planes para pagar la deuda, pero todos involucran vender partes de la tierra para construir condominios.

Pienso en esto.

—Eso no es necesariamente algo malo. Hay falta de hogares y si se construyeran de forma sustentable...

Canyon hace una cara.

—Teddy dice que todo lo que le importa a Darius es ganar dinero. No me arriesgaría a que hiciera algo que le representara una pérdida.

—Entendido.

—Darius presentará sus planes para pagar la deuda esta noche, —continúa Canyon—. Y todos votaremos. La cosa es que tenemos que pensar en una alternativa; de lo contrario la gente podría votar por lo que quiere Darius. Además, Teddy cree que Darius planeó todo esto para hacer que la ciudad estuviera de acuerdo con su idea de los condominios. ¿Y adivina de quién es la empresa de bienes raíces que construiría los condominios?

—¿De Darius?

—De Darius.

—Entiendo. —Ahora todo tiene sentido. El odio de Teddy hacia su gemelo, cómo culpó a De Darius por los problemas de la montaña—. ¿Teddy cree que Darius planeó todo esto para que la ciudad estuviera en una posición en la que acordara construir los condominios?

—Algo así. Tengo que admitir igual que el plan de Darius es mejor que lo que quieren hacer los fondos de inversión, —dice Hutch. —Si entramos en default, es probable que se apoderen de todo, implementen medidas austeras y vendan partes de la montaña para la explotación forestal.

Hago una mueca.

—Eso no es bueno.

—No. Destruiría nuestro hábitat.

Tanto Hutch como Canyon parecen tan tristes que aplaudo y los hago saltar.

—¡Chicos! Podemos cambiar esta situación. Podemos recaudar el dinero.

—¿Pero diez millones de dólares?

—Podemos hacerlo. Podemos pensar en algo. Tengo un par de ideas, pero primero y principal, necesito su ayuda con algo.

Los dos trillizos lucen alerta.

—Incluso si puedo idear una forma de recaudar el dinero para la montaña y convencer a Teddy de que me lleve, ¿qué me pondré?

—Puedo ayudar con eso. —Hutch se levanta—. Espera aquí. Vuelve arrastrando su máquina de coser negra vintage con el logo Singer estampado en un costado.

—OMG, —me acerco al borde del sofá—. ¿Funciona?

—Ah, sí. Es de Ma. Ella nos enseñó cómo usarla. —Apoya la máquina pesada sobre la mesa de café en frente de mí—. Ahora sólo necesitamos tela.

Sonrío.

—Tengo algunas ideas.

* * *

Teddy

—Y eso es todo. —Lance, uno de los transformistas de la manada de lobos Black y antiguo miembro de mi unidad en el ejército, sale por la puerta trasera de la van en la que hemos estado trabajando y la cierra de un portazo—. Ya no hay cuerpo. Y en mi próximo truco, haré que el coche explotado por la bomba desaparezca.

—Gracias. —Mi oso está impaciente por regresar al lado de Lana.

Lance me ve inquieto y su rostro forma una sonrisa.

—Ah, y bienvenido al club.

—¿Club?

—El club de los transformistas en pareja. Lana es tu pareja, ¿verdad?

Dudo. No la he marcado. Pero por supuesto, la necesidad está allí. Ya no puedo fingir que no es verdad. Definitivamente es mi pareja.

—Sí. —Se siente bien admitirlo. Pero mierda, realmente me llena de miedo.

—Sí, —repite Lance, asintiendo cuando ve mi rostro—. Confía en mí, sé exactamente cómo te sientes ahora mismo. Feliz y enloquecido al mismo tiempo.

Me aprieto la nariz.

—Es sólo que... ella es tan frágil.

—Serías sobreprotector aunque no fuese humana. Ella tiene a un asesino que la persigue. Y aunque no lo tuviera, igual querrías encerrarla en un bunker y esconderla del mundo.

—Suena acertado. Hablando de eso, ¿qué información tienes sobre el hermano de Lana?

El estado de ánimo jovial de Lance desaparece.

—Seguimos rastreando a Bentley Dupree. Es inteligente. Se ha escondido. Apuesto a que lo hará hasta saber que Lana ha muerto.

—Podemos hacerle creer que lo ha hecho. —Rafe se acerca a Deke por detrás. Deke lleva gafas oscuras de aviador y está enredando una soga. No tengo idea de para qué necesitan una soga y no quiero saberlo.

Rafe asiente en mi dirección.

—Nuestro próximo paso es hacer que Dupree piense que Lana ha muerto.

—¿Cómo?

—Tenemos a Channing y a algunos infiltrados trabajando para descifrar las líneas de comunicación del asesino. Podemos enviarle un mensaje a Dupree del asesino, pidiendo el pago y diciendo que la misión fue completada. Eso debería sacarlo de su escondite. Entonces lo encontraremos.

—Muy bien. Es un plan.

—Todo estará bien, hermano. —Lance me da una

palmada en la espalda y se acerca para darme un abrazo rápido. Chocamos hombros y le devuelvo la palmada, hago lo mismo con Rafe.

—Gracias, hermano. —Muevo los dedos para saludar a Deke, que asiente.

—Y Lana y tú nos visitarán pronto, —añade Rafe—. Adele y las chicas querrán conocerla. Pueden hablar con ella, ayudarla a aclimatarse a ser pareja de un transformista más rápido.

—Eso suena bien. Probablemente le gustaría.

—Lo necesitará, —dice Lance—. Nuestras parejas son fuertes, no hay duda, pero tomar una pareja humana tiene complicaciones.

—Eso es decirlo sutilmente, —murmura Deke—.

—Los humanos complican todo. —Lance se encoje de hombros.

—Pero vale la pena. Tú puedes. Con una última palmada en mi espalda, Rafe y el resto se suben a sus vehículos y se marchan.

Levanto la mano y los despido. Lance, Deke y Rafe, todos tienen parejas humanas y les funcionó. Confían. Pero no saben que ya he estado en esta situación antes.

Tiffany era humana. Y ella me traicionó.

Lana no es Tiffany. Nunca me sentí así con Tiffany.

Mi oso está contento con saber que Lana es nuestra pareja. Yo también puedo estarlo.

* * *

Lana

Una hora más tarde, tengo una falda casera hecha con pares de vaqueros donados. Hutch se pone sobre mi hombro mientras aseguro todo en su lugar y le doy consejos.

—¿Puedo hacerte una pregunta personal? —Le pregunto a Hutch alrededor de las agujas en mi boca y espero a que asienta y se encoja de hombros—. ¿Dónde está tu mamá?

—¿Ma? Ella está bien. Tiene su propio hogar, por privacidad. Está hibernando.

—¿Hibernando?

—Un par de días después de que cumplimos dieciocho, ella dijo que nos amaba, pero que había criado a siete chicos, ocho si cuentan a Everest, y que necesitaba un descanso. Ha estado durmiendo de a ratos desde entonces.

—Ah, guau. —Eso suena bien, en realidad. No me molestaría hibernar de vez en cuando—. Espera, ¿por qué no contarían a Everest como uno de los chicos que crio?

—Ella no lo adoptó realmente. Él estaba paseando por el bosque un día y se sentó a comer en nuestra mesa de picnic. Everest es así. Viene aquí cuando quiere y cuando se aleja nadie puede encontrarlo. Pero igual es parte de la familia.

—Familia, —murmuro. Me encanta su familia. La mía no era para nada como esta.

—Ey, chicos, ¿ya casi terminan? —Grita Canyon desde la cocina—. Teddy envió un mensaje de que está viniendo. Tengo la parrilla preparada y necesito algo de ayuda. Tenemos que comer ahora si debemos llegar a tiempo a la reunión de ayuntamiento.

—Estaré lista. —Quito mi nueva falda de denim de la máquina de coser y la sostengo—. Sólo denme un minuto para cambiarme.

Esta vez, en vez de mirar la coreografía impecable de la preparación para la cena, soy parte de ella. Yo y los dos hermanos Osos Malvados trabajamos sincronizados para cortar la ensalada y poner el salmón en la parrilla. Hutch y yo entramos y salimos de la cocina hacia las mesas de picnic, ponemos los platos, utensilios y las servilletas.

Matthias y Bern llegan primero. El trillizo gótico toma una pila pesada de platos que tengo en los brazos y los lleva a los lugares correctos.

—Deberías estar descansando, —Matthias me observa.

—Dormí la siesta, —respondo—. Me siento bien, lo prometo.

—Ey, Lana, siéntate aquí, —me saluda Canyon—. Estarás junto a Teddy y yo.

Le sonrío y me siento en mi lugar. Es como tener cuatro hermanos nuevos. Toda una nueva familia.

Ten cuidado, me advierte una vocecita en mi interior. *Puede que no dure.* Pero ignoro a esa vocecita. Tengo que ser positiva.

Matthias revisa su teléfono y lo guarda en el bolsillo.

—Teddy está llegando. Dice que empecemos a comer sin él.

—Será mejor que llegue rápido, —advierte Canyon—. Sino no habrá tiempo para que coma antes de la reunión de ayuntamiento.

—Además, Everest se devorará todo su salmón. —Bern mete las pinzas en la ensalada y me sirve.

—¿Vendrá Everest? —Me intereso—. He estado esperando conocerlo. Que no sea en forma de oso, quiero decir.

—Él es genial, —Hutch apoya una panera cerca de mí—. Muy callado. Un poco tímido. Vendrá con nosotros a la reunión. Entre él y Teddy, estarás totalmente a salvo, Lana.

—¿Qué hay de nosotros? —Protesta Canyon.

—Y nosotros. Te protegeremos.

Matthias apoya su tenedor.

—¿Vendrás a la reunión?

—Quiero hacerlo, —respondo—. Si Teddy piensa que es seguro.

Canyon me codea.

—Aquí está Everest.

Una sombra cae sobre la mesa. Me cubro los ojos para mirar hacia el atardecer y al gigante que lo tapa.

Everest es una montaña de hombre con piel morena y una barba larga que compite con la de Teddy. Asiento hacia mí con seriedad y levanta una mano, y de inmediato veo el parecido entre el enorme oso polar que me saludó tímido desde atrás de las colmenas.

El ruido feroz de un motor hace que un grupo de aves salga volando de los árboles. Una motocicleta negra aparece rápidamente y frena de golpe. Una lluvia de tierra mancha un costado de la cabaña. El motociclista se quita el casco y pasa un segundo peinando su cabello negro en una cresta antes de caminar hacia las mesas de picnic.

—Y este es Axel, —Matthias me presenta al último de los hermanos Osos Malvados—. Creo que también lo conociste en forma de oso.

—Él era el oso negro en la cocina, —murmura Hutch.

—Ah, —digo y me enderezo—. Hola. Soy Lana.

Axel se quita su chaqueta de cuero y revela dos mangas llenas de tatuajes. Es alto como los adolescentes, pero más grande. Con su amplia frente y labios gruesos, luce más como un James Dean desprolijo, si el rebelde sin causa fuera interpretado por Daniel Henney.

—Ey. —Levanta el mentón como saludo y va a sentarse junto a mí.

—No, amigo. Ese es el lugar de Teddy, —dice Hutch. Canyon levanta los brazos para evitar que Axel se siente.

—Lana es la chica de Teddy, —explica Bern.

—¿Ah, sí? —Axel me mira con sueño y se va al otro

extremo de la mesa para sentarse junto a Everest—. ¿Otra humana?

¿Acaba de decir... *otra* humana?

Hay silencio en la mesa. Mi bocado de salmón se vuelve seco. ¿Salir con humanos es tabú?

—¿Qué quieres decir con *otra*? —Pregunto, pero nadie responde.

—La mejor humana, —me defiende Hutch.

—No seas maleducado, —le murmura Matthias a Axel, quien se encoje de hombros—. Perdón.

—Está bien. Soy humana. —Me encojo de hombros—.

—Todo bien. No puedes evitarlo, —dice Bern, lo que no me hace sentir mejor.

—Ella tiene ideas sobre cómo salvar la montaña, —acota Hutch.

—¿Sí? —Matthias me mira por encima de sus lentes.

Me trago mi bocado de salmón rápido.

—Em, tengo un par, pero todavía estoy trabajando en ellas.

—Será una sorpresa, —me salva Canyon—. Hutch y yo vamos a ayudar a presentarlas.

—Eso es bueno, —me alienta Matthias.

Miro hacia abajo a mi plato. Eso espero. No quiero decepcionar a nadie.

Sin contar el ruido de los platos y un par de murmullos de «pásame la sal», los próximos minutos son en silencio mientras los hermanos Osos Malvados empiezan a comer. El salmón y la ensalada y los panes enteros desaparecen tan rápido como Hutch y Canyon llegan a reponerlos. Doy vueltas con mi comida. El comentario de Axel me recuerda de lo poco que sé acerca de la cultura transformista. Ser transformista es un secreto muy bien guardado. Teddy y Matthias lo dejaron en claro. Tiene sentido que las relaciones entre transformistas-humanos sean extrañas. Cuando Matthias me contó acerca de algunos transformistas que tenían parejas humanas, eso me dio esperanza, pero puede que me haya emocionado demasiado pronto.

¿Y si no soy la pareja de Teddy? ¿Y si hay una transformista allí afuera destinada para él?

Y si soy la pareja de Teddy, ¿podemos hacer que funcione? ¿O ser humana será un problema que crecerá y nos mantendrá separados?

Yo en serio, realmente quiero que Teddy esté aquí, ahora. Cuando estoy con él, no pienso. No me estreso. Sólo siento. Puedo ser yo misma y soy suficiente.

El aroma de Teddy me llega antes de escuchar su voz.

—Allí está mi chica.

Teddy. Volteo aliviada y cierro los ojos mientras me besa la frente.

—¿Estos osos malvados te están tratando bien?

—Sí. —Me levanto para darle un mejor beso.

—Llegas tarde. —Hutch hace una brocheta con un salmón, le pone dos panes alrededor y se la pasa a Teddy—. Come. Tenemos que irnos si queremos llegar a tiempo a la reunión.

Teddy se devora su sándwich de salmón.

—Luces linda, —me dice entre bocados.

—Gracias, —me arreglo. Me muevo hacia atrás para mostrarle mi nueva falda de denim y la camiseta de Teddy que modifiqué para que el cuello cayera por un hombro.

—Ella quería un nuevo atuendo para ir a la reunión, — dice Hutch.

Teddy se ahoga.

—Bebé, no, —dice—. No es seguro.

—¿Por qué no? —Pregunta Canyon—. El asesino está muerto en la base de un acantilado. Si vuelve a la vida como zombi, sólo lo mataremos de nuevo. —Da golpes en el aire. Bern esquiva el puño de su hermano para tomar el último pan.

Al otro extremo de la mesa, Everest levanta las manos y se truena los nudillos de un puño gigante. El ruido es como disparos lejanos.

—¿Ves? —Canyon es el oso más grande de los hermanos Osos Malvados—. A Everest le encantaría otra pelea con el asesino. Está listo.

—¿Qué dijo la manada de lobos Black acerca de la situación? —Pregunta Matthias.

—Están tratando de intervenir los códigos de los intercomunicadores para poder darle un mensaje al hermanastro de Lana, —dice Teddy—. El que encargó el asesinato. Quieren ver si lo hacen salir.

—Entonces está bien, —sostiene Canyon—. Sólo es una reunión de ayuntamiento común. Apenas habrá gente. Estaremos con ella. Estará perfectamente a salvo.

—Ahora es el momento más seguro para que vaya, —agrega Hutch—. Su hermanastro todavía no se ha dado cuenta de que sigue viva.

Me doy cuenta de que estoy jugando con el cuello de mi nueva camiseta alterada y dejo caer la mano.

—¿Qué crees que hará Bentley cuando sepa que no estoy muerta?

—No importa. Nos encargaremos de eso, —responde.

Lo que me recuerda una de mis ideas para recaudar dinero para la montaña. Lana, no te conté esto antes porque pensé que sería un secreto, pero ahora eres parte de la familia. —Canyon espera a que todos hayan prestado atención y anuncia,

—Imaginen esto: asesinos osos malvados.

—Oh, sí. —Bern golpea la mesa.

—Qué genial, —dice Axel con la boca llena de comida. Everest se truena los nudillos otra vez.

—No, —responden Teddy y Matthias al unísono—. De ninguna forma.

—Oh, vamos, —se quejan los trillizos—. Será tan genial. Podemos trabajar en nuestras habilidades de pelea.

—Bern puede mejorar su vuelo en helicóptero, —dice Hutch. Bern asiente tan fuerte que su cabello vuelve a caer sobre su rostro.

—Piénsalo, —presiona Canyon.

—No tengo que pensarlo, —dice Teddy—. Si los dejo hacer el trabajo sucio, Ma me mataría.

Canyon se deja caer en su asiento.

—Ma está hibernando. No tiene por qué saberlo.

Me muerdo el labio para evitar sonreír.

—Limpiemos. —Teddy mueve el dedo sobre lo que queda de la cena. Su propio sándwich ha desaparecido—. Debemos ir a la reunión.

—Entonces espera —Canyon se vuelve a levantar rápido de la silla—. ¿Dejaremos a Lana sola?

Teddy duda.

—Me quedaré con ella.

—Cuando hablé con Daisy parecía que la ciudad estaría bastante dividida sobre la decisión de seguir el plan de Darius, —dice Matthias—. Mitad y mitad. Probablemente se decida cómo seguir con un par de votos.

—Cada voto cuenta, —insiste Hutch—. Todos debemos ir. Es la última oportunidad de salvar la montaña.

Empujo mi labio inferior hacia afuera en un puchero.

—¿Por favor?

Teddy se frota la frente.

Trago saliva.

—No importa. Está bien. —Tomo una canasta vacía y regreso rápido a la cabaña.

—Lana... Lana, espera. —Él llega a mi lado justo cuando me apresuro a entrar y bloquear la puerta. El resto de los hermanos pasan a nuestro lado, limpiando los restos de la cena. Mantengo la cabeza baja para esconder las lágrimas.

—Aquí. —Teddy me guía a un costado de la cabaña, donde podemos tener un poco de privacidad—. Necesito mantenerte a salvo.

—Sería seguro. Estaría con todos ustedes. ¿En serio estaré más a salvo sola en una cabaña? Y no digas que dejarás a alguien aquí conmigo. Todos tienen que estar en la reunión.

Teddy gruñe.

—Esta maldita reunión.

—Es importante. Es importante para ti. Sé que soy una carga...

—Mierda, Lana, no eres una carga. No quise dar a entender eso.

—Lo sé. Sé que no es lo ideal. Sólo quería ay-yudar. —Mi voz está rasposa.

—Ven aquí. —Toma la canasta de pan que estoy sosteniendo, la arroja y me envuelve en sus brazos.

Me aferro a él, agradecida por su abrazo.

—Ustedes me han ayudado tanto y ahora puedo apoyarlos. Esto es importante para ti y quiero ser parte. Es lindo ser parte de algo.

Teddy me sostiene con fuerza, maldiciendo.

—Ustedes son una familia. Es asombroso. Justo cómo debería ser una familia. Al menos, como creo que debería ser una familia. La mía nunca fue así, sin importar lo mucho que lo quisiera.

—Bebé. Lo siento.

—Está bien.

—No, no lo está. —Él me suelta para tocar mi rostro—. Eres un pequeño sol y no te han tratado como te mereces. Siento que tus padres murieran y que tu hermano esté compitiendo por ser el idiota asesino del siglo.

—Gracias.

—Mereces la familia de tus sueños.

—Creo que la encontré, —susurro contra sus labios y él inclina la cabeza para besarme. Sus manos grandes se deslizan para tocar mi trasero. Me encuentro suspendida en el aire, encima de los muslos de Teddy. Envuelvo las piernas alrededor de su cadera y dejo que arremeta contra mi boca.

Mis pezones se ponen calientes y cosquillean donde se presionan contra su pecho.

—¿Estás segura de eso? —me pregunta cuando respiramos. Me baja y yo muevo mis trenzas hacia atrás—. ¿Te parece bien aguantar a mis hermanos si quiere decir que estarás conmigo?

—Me gustan tus hermanos.

—Al menos a uno de nosotros entonces. —Teddy ve mi rostro y agrega, —estoy bromeando. Me caen bien mis hermanos. Sobre todo Everest. No me cansa hablando todo el tiempo. Sólo que no sé, de todos los lugares en la montaña, por qué construiría sus colmenas junto a mi hogar.

—Supongo que es la misma razón por la que Axel tiene sus salchichas en tu refrigerador y los Tres Terribles te siguen molestando con la práctica de gaita. Les caes bien. Son tu familia. Quieren estar cerca de ti. Eso hacen las familias.

Mierda, lloraré otra vez. De repente me siento conmovida por la idea de ser uno de ellos y triste porque sin importar lo mucho que lo intenté, Bentley e incluso mis padres nunca quisieron saber nada de mí. Pestañeo rápido.

—Bebé. —Teddy me vuelve a abrazar—. Lo siento. Dejaré de quejarme de ellos. Amo a mis hermanos... sólo me enloquecen.

—Por lo que escuché, eso hacen las familias. —Lo abrazo más fuerte—. Los abrazos de vikingo mejoran todo. —Me duelen los senos y quiero frotarme contra su pecho. Pero en vez de eso me alejo y me acomodo la camisa, moviendo el cuello de barco a su lugar—. Pero vayamos a esta reunión.

Teddy gruñe.

—Quiero llevarte a una cabaña alejada, tenerte ahí una semana.

—Eso suena bien.

—Esta noche echaré a los trillizos de su cabaña y seremos tú y yo, solos.

—Bueno, —susurro—. Mientras que a los trillizos les parezca bien.

—No tienen elección.

—Eso está bien, —dice una voz acallada. Miro alrededor, pero no encuentro de dónde viene. Encima nuestro, una ventana se abre y sale la cabeza de Hutch. —-Podemos dormir en el bosque un par de noches.

Me sorprendo y agarro a Teddy, quien me pone más cerca y le grita a su hermano,

—¡Esta es una conversación privada!

—Somos transformistas, ¿lo recuerdas? —Se oye la voz distante de Canyon detrás de Hutch—. Podemos escuchar todo lo que dices.

—¿En serio? —Gesticulo hacia Teddy.

Él asiente y luce cansado.

—¿Ves por qué quiero que estemos solos?

Hay una discusión encima de nuestras cabezas. Hutch desaparece y Bern vuelve a asomar la cabeza.

—Ey, Lana, tengo una idea. Aquí. —Me arroja una sudadera negra—. Ella puede ponerse eso. No algo rosa. —Me señala—. Esconde tu cabello. Cuando lo hago, asiente con aprobación. —Modo sigiloso.

—Ves. —Canyon mete la cara junto a la de Bern—. Ahora está disfrazada. Será totalmente seguro.

—Nadie filmará la presentación, —agrega Hutch—. No será transmitida. Y Daisy hace que todos apaguen el celular al principio de la reunión.

Teddy cruza sus brazos musculosos sobre su pecho.

—Igual no me gusta.

—Por favor, Teddy. —Me paro frente a él y me inclino, mirándolo a través de mis pestañas—. Ni bien pienses que hay algún peligro, podrás sacarme de allí. Te seguiré.

—Te quedarás cerca de mí, —dice.

—Sí.

Encima, en la ventana, los trillizos han encontrado la forma de meter las tres cabezas por el marco. Todos esperamos, conteniendo la respiración. Teddy gruñe,

—Bien.

—¡Sí! —Aplaudo—. ¿Están listos para esto, chicos?

—Claro que sí, —dicen los trillizos a coro.

—¿Un oso caga en el bosque? —Añade Canyon.

Inclino la cabeza y levanto las cejas mirándolo.

—Lo hacemos, —confirma Hutch. A su lado, Bern asiente—. Definitivamente lo hacemos.

Capítulo Once

T*eddy*

Tomo la mano de Lana y la guío de regreso a las mesas de picnic. Todos han hecho su parte y han limpiado los restos de la cena.

Lana silba.

—Tu Ma entrenó bien a sus chicos.

—Sip. —Saludo a Matthias y a Everest con dos dedos y ellos desaparecen en el bosque. Lana empieza a seguirlos, pero la freno.

—Por aquí, bebé.

Ella frunce la nariz y corre a mi lado.

—¿No caminaremos hasta abajo?

—Nop. —Me dirijo al cobertizo y paso a Axel arrancando su moto. Asiente en nuestra dirección y sale disparado; encuentro las marcas que busco y las sigo hasta atrás de la cabaña, donde nos espera un cuatriciclo tapado. Le saco la cobertura—. Iremos en esto. Está bastante bien conservado.

—¿Lo está? —Lana luce desconfiada. El cuatriciclo es una máquina Frankenstein con ruedas gigantes y llenas de lobo, una jaula antivuelco, un banco y otras partes arrancadas de un carrito de golf.

La levanto hacia el asiento y la beso en los labios.

—¿Puedes sostenerte, bebé?

—Por supuesto.

No puedo tenerla la mano y conducir, pero el asiento es lo suficientemente pequeño y el camino movedizo; Lana se desliza cerca y se sostiene de mí. Mi oso está de acuerdo. Quiere mantener las garras sobre ella en todo momento. También quiere voltear este cuatriciclo y encontrar una cueva segura donde escondernos por la próxima década. No ayuda que yo crea que es una buena idea.

Compromiso.

—¿Estás bien? —Lana tiene su mano sobre mi rodilla. Todo mi cuerpo está rígido.

Asiento, sin ser capaz de encontrar la voz para responderle. Mientras bajamos por el camino, miro la ruta para estar alerta ante amenazas. Cada ruido y hoja que cae me hace sudar.

Lana debe sentir mi tensión porque pregunta,

—¿Estás preocupado por Darius?

—Un poco.

Ella frota mi rodilla.

—Estará bien. La reunión saldrá bien.

Tomo su mano y peso su palma.

—Así será. Gracias, bebé. Pero después de esta salida, mantendremos un perfil bajo, —digo con firmeza.

—De acuerdo. ¿Pero... por cuánto tiempo? Por mucho que quiera encerrarme contigo por un mes, eventualmente tendré que comunicarme con mi equipo sobre dónde estoy y cuáles son mis planes de regreso de las vacaciones.

Claro. Lana no es una ermitaña vikinga, como yo. Es famosa y dirige una empresa.

—Pensaremos en eso. Será otro compromiso que no le gustará a mi oso. *Los humanos complican todo, pero eso no significa que no pueda funcionar.*

Lana se queda en silencio.

—¿Crees que tus amigos podrán frenar a Bentley?

Detengo el cuatriciclo y le toco la cara. La beso como si quisiera marcar su boca.

—No se detendrán hasta lograrlo. No dejaré que nada te suceda. Te lo prometo. Te protegeré de él, de todos. No estás sola.

* * *

Lana

Estoy a dos segundos de perder la paciencia y pedirle a Teddy que me lleve de regreso, me haga el amor hasta que nos olvidemos de la ciudad, de su hermano y del mío. Pero eso no es justo. Teddy me ha ayudado tanto. Es mi turno de ayudarlo.

—Gracias. —Me preparo—. Saquemos este espectáculo a las calles.

Teddy está a punto de encender el cuatriciclo cuando a nuestra derecha, en los árboles, algo grita y se mueve. Me abrazo a Teddy, pero son sólo los trillizos. Salen corriendo del bosque y pasan de largo, golpeando el carrito de golf.

—Idiotas, —murmura Teddy, pero hay una sonrisa en su voz.

—Creo que son dulces.

Teddy gruñe y mueve la cabeza.

—¡Sal, Canyon! —grita.

El adolescente sin camisa está aferrado a la parte trasera del cuatriciclo. Se ríe y cuelga de la barra; luego sale corriendo. El sol se está poniendo y en la poca luz que hay, dos formas con falda escocesa, una vestida de negro y con armadura, cruzan el camino frente a nosotros hacia la ciudad de Osos Malvados.

Contra el atardecer, la pequeña ciudad es más linda que una postal. Hay un único camino principal que pasa por el centro, rodeado de aceras y edificios viejos que no han sido actualizados desde el 1800. Sin semáforos, pero la señal negra es nueva y linda. Probablemente la pagó el bono.

Pasamos un bar de estilo salón con un gran cartel de madera que proclama su nombre: «El balde agujereado». Parece que pudiera ser el fondo de una escena de disparos en el Lejano Oeste. Hasta hay un canal polvoriento que sigue un largo riel de hierro que es el lugar perfecto para atar unos caballos.

Al otro lado de la calle está el «Correo», una tienda con un frente de porche lleno de mecedoras. Como en el Balde Agujereado, el cartel del Correo parece vintage.

—Esto es adorable. ¿Por qué no me dijiste que la ciudad era así? Es tan pintoresca. No me sorprende que a mi mamá le encantara.

Teddy se encoje de hombros.

—El correo era una parada del Pony Express. Sigue siendo manejado por un descendiente de la familia original. No ha cambiado mucho por aquí.

—Realmente.

Toda la ciudad tiene toques modernos, pero sin ver eso, es como si el tiempo se hubiese detenido. Sería un buen lugar para filmar películas. Eso me da una idea... Luego pasamos junto a un par de amplios campos abiertos que llevan a una colina con una gran cornisa de piedra que sale de un costado, como un escenario.

—¿Qué es eso? —Señalo el escenario.

—Daisy quiso que lo construyeran. Algún tipo de idea

de Shakespeare en el parque que tuvo. Lo construimos y luego la noche en que se suponía que se hiciera la obra, tuvimos una tormenta eléctrica fuerte y tuvimos que reubicarnos adentro. Y eso fue todo.

—Hmmm.

El escenario no es enorme, pero hay bastante espacio en los campos que lo rodean. Les hablé a los trillizos acerca de algunas formas de juntar dinero y pedir préstamos, pero ahora se me ocurren más ideas. Sé que estoy sanando porque mi mente se mueve velozmente otra vez.

La reunión de ayuntamiento es en un viejo edificio de barro que Teddy me cuenta solía ser una escuela antes de ser convertido en un centro de recreación. Hay un salón largo lleno de asientos que dan a un escenario. Debajo del olor a líquido de limpieza, el edificio huele a viejo.

Teddy me guía con una mano en mi espalda y le asiente a la gente de la ciudad mientras pasamos. Todos lo reconocen y me miran con curiosidad. Quiero saludar y hablarles, pero tengo la sudadera puesta sobre mi cabello y la mitad de mi rostro. Se supone que esté disfrazada, así que dejo que Teddy me apresure hasta el frente.

Los hermanos Osos Malvados han ocupado la primera fila. Everest está en un extremo, saliéndose de su asiento, que hace ruido por su gran tamaño. Hasta Matthias y los adolescentes flacuchos parecen haber sido sentados en la mesa de los niños. He estado tanto con hombres oso que las cosas humanas parecen tan diminutas.

Teddy se acomoda cuidadosamente en su asiento y estira el brazo a mi alrededor. Al otro lado, bien a la derecha frente al escenario, está Darius de pie con un traje. Le asiente a Darius y me guiña un ojo.

El pecho de Teddy vibra con un gruñido. Me inclino y pongo una mano sobre su rodilla para distraerlo.

—Gracias por dejarme venir.

Él cubre su mano con la mía, pero no se disipa nada de la tensión de sus hombros.

Canyon está sentado a mi derecha.

—Ahí está la alcaldesa. —Señala a la mujer de cabello blanco que sube lento al escenario.

—Daisy, ¿no? —Susurro.

—Sip. —Él se ríe—. Le hace homenaje a su nombre, ¿no es verdad?

Daisy, margarita en inglés, lleva un vestido de estampado floral con una gran vincha de flores falsas. Parece que le salen margaritas de toda la cabeza. En los pies tiene unas sandalias con una gran margarita pegada en la parte superior de cada una. Me encanta que haya seguido una temática.

Daisy arrastra los pies hasta el podio. Ella se tambalea un poco cuando sube a la plataforma elevada que la ayudará a alcanzar el micrófono. Contengo la respiración, pero lo logra.

Para cuando ha terminado de ajustar el micrófono, la habitación ha hecho silencio.

—Bienvenidos a este foro de emergencia para la ciudad de Osos Malvados. Como saben, tenemos una pequeña conmoción.

—Eso lo minimiza, —grita alguien desde atrás.

Daisy mira hacia abajo a un hombre con sombrero polvoriento que la interrumpió.

—Escuché eso, Abraham Benson. Veo que no has cambiado desde que te enseñé matemáticas en la secundaria. ¿Y tu madre no te enseñó a quitarte el sombrero cuando tienes compañía?

—Sí, señora, —murmura y se lo quita.

—Ese es Abe, —susurra Canyon—. Es el dueño del «El balde agujereado». Sólo Daisy lo llama «Abraham».

—¿Enseñaba en la escuela? —Susurro.

—Matemáticas en séptimo grado por treinta años. Si fuera un oso, todavía estaría hibernando.

Daisy sigue hablando con Abe.

—Te agradeceré que te calmes ahora. Y si alguien comienza a escupir, sabré que fuiste tú.

Abe se inclina hacia atrás en su silla, que cruje.

—Siempre lo supo, —le murmura a la gente que lo rodea y ellos asienten con compasión.

—Como dije, estamos en teniendo unos pequeños problemas, en cuanto a dinero. Por suerte, el Sr Medvedev está aquí para ayudarnos a resolverlo todo. Conocen a Darius, uno de los Gemelos Terribles.

Volteo para mirar a Teddy.

—Gemelos Terribles, —repito. Teddy pone los ojos en blanco.

—Ah, sí, —dice Canyon felizmente—. Teddy y Darius fueron los Osos Malvados originales.

—Shhh, —responde Hutch.

En el escenario, Daisy ha seguido describiendo la «conmoción» como un «pequeño dilema» y presentó a Darius como el CEO de Medvedev Enterprises. Parece que su empresa completó proyectos de bienes raíces exitosos en Albuquerque y Santa Fe, que invirtió en áreas que necesitaban viviendas y tiendas, reemplazando desiertos de comida con edificios de usos múltiples que tienen tiendas, hogares, aceras y zonas verdes con buen gusto para atraer a la gente a que viva allí feliz por siempre.

Al menos, así es según Daisy, que suena más como si estuviera leyendo de un volante de Medvedev Enterprises.

Entre más halaga a Darius, más tensos se ponen los músculos del muslo de Teddy.

—Por favor, denle la bienvenida a Darius Medvedev, —termina Daisy y la gente aplaude de forma educada.

Darius sube al escenario con la sonrisa de un político. Se ha quitado la chaqueta del traje y se desabotonó el cuello, lo que equilibra el aspecto de CEO con una fachada más relajada y realista. Besa a Daisy en las mejillas y la ayuda a bajar los escalones hasta su asiento antes de volver al micrófono.

—Hola, buenos ciudadanos de Osos Malvados. Primero que nada, me gustaría confesar, —dice Darius— que yo fui quien le robó los bóxeres al viejo Luther de su sofá y los puse en el mástil de la bandera en mi último año.

—¡Lo sabía! —grita desde atrás un hombre encorvado, presuntamente el viejo Luther.

Desde su asiento, Daisy niega con un dedo hacia Darius.

Darius agacha la cabeza con una vergüenza fingida, aleja su cabello de su rostro y eso lo hace verse como un niño de una década menos.

—Tengo créditos en la tienda del Correo a su nombre, Sr. Luther.

—Eso será suficiente, —cede el viejo Luther.

La sonrisa desaparece del rostro de Darius.

—Pero en serio, gente, tengo que disculparme. Cuando me acerqué por primera vez al consejo del ayuntamiento con la idea de emitir un bono, pensé que era la respuesta a nuestros problemas. Y es mi culpa que el fondo de inversión Adalwulf se haya interesado en invertir en nosotros. Volé a Nueva York y hablé con los Adalwulfs personalmente. Son buenas personas, una empresa familiar, pero tienen un negocio y necesitan ganancias en sus inversiones como cualquier otro. Pero por suerte, —él levanta la voz— están dispuestos a darnos un poco más de tiempo para saldar nuestras deudas. Sobre todo cuando les mostré todo el interés que hay en construir sobre la tierra y crear hogares y tiendas de alta calidad que muestren la belleza de nuestra montaña.

Desde ahí, Darius comienza su discurso. Su presentación es clara y llamativa. Con la ayuda de algunas personas sobre el escenario, que lucen como adolescentes reclutados del departamento de teatro de la secundaria, prepara un par de trípodes. Cada uno muestra una presentación que ayuda explicar su proyecto. No hay mucho texto, sino muchas imágenes de gente que luce feliz sentada en bancos o paseando a sus perros, todos frente a casas construidas con el fondo de la cumbre de la montaña Osos Malvados. Por lo que parece, el desarrollo de bienes raíces resolverá el problema de la deuda de la ciudad, funcionará con una emisión nula de carbón, y probablemente bajará las tasas de cáncer y enfermedades coronarias.

—¿La gente caerá en esto? —Le susurro a Canyon, quien se encoge de hombros.

—Parece bastante bueno.

Claro, es lindo. ¿Pero qué tipo de infraestructura hará falta para soportar tantos nuevos hogares? Y la llegada de gente nueva traerá más tiendas, ¿las cadenas se apoderarán del mercado y terminarán con los negocios de los pintorescos negocios locales?

Me muerdo el labio. No diré nada hasta estar segura de que es necesario.

Resulta que Teddy ya cubrió la posición de abogado del diablo.

Darius deja de ver su presentación y mostrando las manos pregunta,

—¿Alguna duda?

Teddy se levanta y se para con los pulgares metidos en los vaqueros.

—Tengo un par.

—Adelante. —Darius mueve una mano como cediéndole el turno a Teddy. Hay una gran sonrisa en su rostro, pero el gesto es un poco sarcástico.

Teddy hace evidente el engaño de su hermano y se sube al escenario, avanzando con una gran sonrisa que muestra los dientes.

—Por supuesto. —Toma el micrófono y mueve a Darius del medio. —Soy Teddy, —dice, y cuando el sonido hace un chillido, no duda—. Me gustaría recordarles lo que Darius dijo él mismo al comienzo de su charla. Es parte de la razón por la que estamos en este desastre. Y no creo que podamos confiar en que él nos saque de esto.

* * *

Teddy

Un mar de rostros me observa cuando me cubro los ojos. Las luces en el escenario están muy fuertes. Tiene sentido que Darius quisiera ser tratado como una estrella. Siempre le gustó el teatro en la secundaria.

Si quiere un drama, se lo daré. Esta noche lo venceré. Nuestra última pelea fue un empate, pero esta vez veremos quién es el último de pie.

Me aclaro la garganta y continúo.

—Sí, esta presentación luce bien. Pero también lo hizo la idea de que un bono resolvería todos nuestros problemas. Pregúntense si un hombre que está cómodo con los buitres de un fondo de inversión realmente tiene en mente nuestros intereses.

—Ese es un buen punto, —dice el viejo Luther.

—Escuchen, escuchen, —llama Canyon. Darius lo mira mal.

—Creo que este nuevo desarrollo luce lindo. —Camino por el escenario, mostrando el cartel pantalla con la gente feliz frente a sus casas felices—. Pero vendrá con más costos de infraestructura. ¿Cuánto más tendremos que gastar en caminos y cloacas? —Pauso para que mi idea se asiente. Necesito explicar esto de forma clara para que todos lo entiendan—. No digo que no puede hacerse. Muchos suburbios se encuentran con este problema y simplemente venden más tierras para pagar construcciones anteriores. ¿El resultado? Una expansión constante y más deuda. Eso es, gente, más deuda. Las nuevas casas necesitan infraestructura nueva y nosotros tendremos que pagarla. Para hacerlo, tendremos que emitir otro bono. Estaremos de nuevo en la misma situación.

—Ese es un buen punto, —grita alguien desde atrás.

Darius se quita el sudor de la frente. Las luces fuertes no lo favorecen ahora mismo.

—Las casas nuevas tendrán que pagar impuestos...

—No serán suficientes, —lo interrumpo. Darius puede hablar tan bien como cualquier actor que haya hecho de Hamlet, pero igual tengo el micrófono—. Además, ¿quién comprará nuestros bonos con casi un default en nuestros libros?

Darius me mira. Le muestro los colmillos. *Eso es, hermano. No eres el único que entiende los municipios. No necesito un máster elegante para hablar de negocios.*

—Tengo la palabra del fondo de inversión de que no harían eso. Extenderían los buenos términos...

—Entonces tendremos una deuda eterna con ellos. — Ahora estoy cara a cara con Darius. Es como mirar en un espejo una versión metrosexual de mí mismo, una que tiene gel el cabello y colonia—. Apreciaría que usaras tu contacto con el fondo para conseguir otra reunión con ellos. Diles que se vayan a la mierda. —Voy a devolverle el micrófono a Darius y se mueve para tomarlo. En el último segundo, dejo que caiga.

—Uhhh, —dicen a coro un par de sabelotodos. Alguien comienza a aplaudir. Lana. Asiento en su dirección.

—Vas tú, —le digo a Darius con los labios.

—Bueno, he escuchado lo suficiente, —el dueño del Balde Agujereado, Abe, se para y se sube los pantalones—. Y todo lo que tengo para decir es que, ¿si el desarrollo es tan malo, entonces cuál es tu idea? Voltea en un círculo lento para dirigirse a todos a su alrededor. —Teddy nos contó todas las razones por las que no deberíamos tomar la oferta de Darius. ¿Pero cuál es la alternativa? ¿Cerrar todos los servicios? ¿Tomar medidas austeras? Eso es lo que propuso el fondo de inversión cuando empezamos a no cumplir con los pagos. Quieren primero el dinero. Y no olviden que pusimos la clínica del condado como garantía. El fondo se quedará con ella y la gente tendrá que ir hasta Santa Fe para tener asistencia médica.

Eso estuvo sorprendentemente bien dicho para Abe. Entrecierro los ojos mirando a Darius, quien me responde levantando las cejas. Parece que planeó sus movimientos con anticipación.

—Digo que votemos por los condominios, —declara Abe.

Un par de filas atrás, una mujer flacucha con un chaleco de gamuza se reclina sobre su asiento.

—¡Yo digo que regreses a la vieja Virginia de donde vino tu familia!

La boca de Lana forma una pequeña «o». Con mi audición de transformista, escucho la explicación en susurros de Canyon.

—Esa es Terri. Es dueña del Correo en frente del Balde Agujereado. Ella y Abe se odian. Es una larga historia.

Abe gira hacia la mujer.

—Cállate la boca, Terri. ¡Mi tatara-tatarabuelo se estableció aquí antes que el tuyo! Tenía tanto derecho de estar aquí...

—Y después de que se secó su pozo, ¡robó el nuestro! —Las botas de cowboy de Terri golpean el piso en seco. En cualquier momento, ella y Abe se enfrentarán y gritarán hasta arrancarse la cabeza. Su enfrentamiento es profundo.

Darius y yo nos miramos y ponemos los ojos en blanco. Ha levantado el micrófono, pero cuando lo busco, me bloquea. Luchamos y la reverberación chilla por el gran espacio. La mitad de la audiencia se estremece y se cubre los oídos. La otra mitad está alentando a Abe y a Terri. El viejo Luther también está parado, contándoles a todos los que lo escuchan acerca de los males de los hermanos que roban bóxeres, los fondos de inversión y la presidencia de Nixon.

Todos están exaltados, excepto Daisy, quien apagó sus audífonos y parece estar tomando una pequeña siesta. A su lado, su nieta de veintipico con una vincha de margarita que hace juego intenta despertarla.

—¡Ella tiene una idea! —Hutch salta hacia el escenario y señala a Lana. Ella niega con la cabeza, pero Canyon la alienta a pararse. Entre él y Bern, la apuran a subirse al escenario.

—No. —Evito que se mueve hacia el podio, pero Darius me toma del brazo.

—Theodore, deja que haga lo suyo. Quiero escuchar lo que tiene para decir.

Gruño en su dirección, pero la distracción le permite a

Hutch que Lana pase a mi lado. Antes de darme cuenta, Lana está en el podio y Darius está a su lado.

—Hola, —le dice con una sonrisa dulce y señala el micrófono—. ¿Puedo usarlo?

—Deja que hable, —grita Bern. Con la sonrisa de un tiburón, Darius le pasa el micrófono a Lana. La gente se acomoda en sus asientos. Abe y Terri siguen peleando fuerte, pero Everest se levanta de su lugar al final de la fila y se eleva ante ellos. No les dice nada para calmarlos, pero no tiene que hacerlo. Sólo se avecina amenazante, y Terri y Abe se callan la boca y se sientan.

—Hola a todos, soy Lana L- em, es decir, una amiga de Teddy. —Ella traga saliva y me mira. Asiento en su dirección. Esto es importante para ella. Quería ayudar. Al menos puedo permitírselo.

Luego la sacaré rápido del escenario y la llevaré a un lugar secreto para mantenerla allí, atada a mi cama hasta que Bentley ya no sea una amenaza.

—Tengo algunas ideas para poder cumplir con los pagos del bono y también para saldar la deuda. De una vez por todas. —Lana se aclara la garganta—. Primero lo primero. El fondo de inversión no puede obligarlos a tomar medidas austeras o tomar sus bienes sin una orden judicial, así que tienen tiempo. Y apuesto a que preferirían negociar con ustedes para conseguir el dinero.

—¿Cómo les pagamos? —Grita Abe—. No hay dinero.

—Hay muchas formas. Primero que nada, vi un hermoso espacio abierto de camino aquí. Hay un nuevo festival de música que está empezando y están buscando un lugar. Esto es exactamente lo que el organizador intenta encontrar. No sería difícil persuadirlo de que vinieran aquí.

—¿Cómo? —Esto viene de Terri, quien está de brazos cruzados, igual que Abe.

—Soy amiga de Anara, —dice con simpleza, nombrando a una gran estrella del pop—. Ella empezó en una ciudad pequeña como esta y quiere darles una oportunidad a sus compañeros artistas en su discográfica. Ella encabezará.

El nombre de Anara hace que la gente se enderece y preste atención.

—Me gusta Anara, —dice Terri—. —Buena música,

—Carraspea Abe—. ¿Qué nos costará eso?

—Ah, ustedes no le pagarían para cantar. Ella será inversora en el evento. Les pagará por el espacio. El primer año, tendrán que invertir el pago en construir el lugar, poner baños públicos, etc. Pero eso no costará mucho. Y será un sostén para otros proyectos, como un festival de arte y otros eventos musicales. Los artistas podrían venir aquí en vez de al Parque Kit Carson en Taos. ¡Córrete, Coachella! —Ella alza un puño en el aire. Su entusiasmo es contagioso. La gente murmura y considera la idea—. El evento necesitará personal, parte del que será contratado localmente. Así que son más trabajos, sobre todo para estudiantes que amaban el teatro en la secundaria. —Ella les sonríe a los ayudantes, que parecen listos para aplaudir—. Y atraerá a turistas, lo que significa más tráfico para las tiendas locales. —Este comentario hace que Abe y Terri se acomoden en sus asientos con sonrisas de satisfacción—. La mayoría de los que asistan pasarán la noche fuera de la montaña, pero podría hacer un buen negocio con los alquileres locales. La ciudad podría organizar un sitio web autorizado para reservas de hospedaje y alquileres vacacionales. Como Airbnb, pero la ciudad verificaría el hogar y obtendría un porcentaje.

—Yo podría hacer el sitio web, —ofrece Hutch. Más personas asienten. Lana los está convenciendo.

—Por cierto, estoy de acuerdo con Darius. En parte.

Para pagar el bono por completo, creo que podrían considerar la construcción de viviendas. Pero no necesariamente lo que ofrece Medvedev Enterprises. Podrían hacer un anuncio para recibir ofertas y estipular que el proyecto sea sustentable y preserve áreas silvestres designadas. El desarrollo ganador invertiría en sus propios caminos y en las cloacas adicionales. Y pueden cambiar los reglamentos de la ciudad para apoyar a negocios locales y desalentar a las grandes cadenas.

—¿Pero qué hay de los próximos pagos del bono? —Pregunta Darius con la fuerza suficiente como para ser escuchado por encima de todos los murmullos—. La ciudad necesita efectivo de inmediato.

Lana inclina la cabeza hacia un lado. Su capucha se ha caído hacia atrás y las puntas rosas de su cabello se están asomando.

—Hay muchas maneras de hacer valer lo que ya tienen para ganar más. Por ejemplo, mi tío Benny busca nuevos lugares para filmar películas. Apuesto a que este lugar sería perfecto para eso. Nuevo México se está convirtiendo rápidamente en el mejor lugar donde filmar.

—Creo que todo esto suena fantástico, —dice Daisy. Su nieta la ha ayudado a subir los escalones—. Tendremos que actuar rápido. El verano ya se acerca.

—¡Llamaré a mis contactos! —Dice Lana—. Ni bien arregle mi teléfono. Y puedo invitar a Anara aquí a ver el lugar. Si todo luce bien, hará el anuncio de inmediato. Puede filmarlo justo aquí en la calle principal.

Canyon se vuelve a subir al escenario y se inclina hacia el micrófono.

—Yo también... eh... conozco a alguien que tiene un negocio de diseño de indumentaria. A ella le gustaría filmar un par de comerciales aquí, para empezar. —Él y Lana intercambian unas sonrisas.

—Bueno, eso ciertamente pondrá a Osos Malvados en el mapa, —dice Daisy—. Gracias, cariño, por darnos a conocer.

Lana sonríe.

—¡La prensa lo cubrirá todo! Confíen en mí, no tendremos problemas en lograr que todo el mundo lo sepa.

Debería haberlo visto venir, pero me maravillé con el brillo de Lana. De repente me doy cuenta de la realidad de lo que sugiere. Me balanceo sobre mis talones y exhalo como si me hubiera golpeado un puño en el plexo solar.

Cámaras. Grupos de filmación. Paparazzi.

Darius se acerca.

—En serio, ¿esta es la idea de tu chica? Es Tiffany una vez más.

El frío me baña. Tiene razón y no tiene razón.

No es Tiffany una vez más.

Es mucho, mucho peor.

Capítulo Doce

*L*ana

Eso salió bien. Al menos espero que así sea. Hablar en público no es mi actividad preferida, pero puedo dar un buen espectáculo. Mis mejillas me duelen por sonreír, pero saludo y les agradezco a todos antes de bajarme del podio y pasarle el micrófono a Daisy.

Daisy me aprieta el brazo cuando pasa.

—Bueno, no hay nada dado por hecho, pero parece que tenemos un par de opciones después de todo. ¡Démosle un gran aplauso a Lana por sus ideas! —Hay un par de pisadas y gritos entre los aplausos, mayormente de los trillizos en la primera fila, pero me hace sentir querida.

Una sombra cae sobre mí. Teddy.

—Por aquí. —Pone una mano sobre mi espalda para guiarme hacia un costado. Pasamos junto a Darius, que sonríe con maldad. Frunzo el ceño.

—¡Eso estuvo genial! —Canyon aparece a mi lado—. ¡Lo lograste! ¡Salvaste a la ciudad! ¿En serio conoces a Anara?

—Canyon —La voz de Teddy está tensa—. Vuelve a tu asiento.

El adolescente frena en seco cuando ve el rostro de Teddy. Su nuez de Adán se mueve y desaparece hacia el frente.

Mis ojos todavía no se han ajustado por las luces fuertes del escenario, pero hay tensión en la forma de pararse de Teddy.

—¿Teddy? ¿Qué sucede?

—No es nada. —Su voz es cortante. Toma mi mano y me lleva más atrás, hacia una habitación de rodaje llena de pedazos de madera, un par de pelucas y un viejo piano vertical.

Cuando logro ver su expresión sombría, todo mi cuerpo se enfría.

Saco la mano de la suya.

—No es nada. Estás molesto.

—Hablaremos de eso más tarde.

En el escenario, Daisy está pidiendo que la ciudad vote un sí o no a la propuesta de Darius.

Trago saliva con la mano en el pecho.

—Tienes que ir. A dar tu voto.

Teddy maldice.

—Quédate aquí. Regresaré pronto. No vayas a ningún lado, no asomes la cara. Y cúbrete el cabello.

Me pongo la capucha. Algo anda muy mal.

—Lo siento, no debería haberme subido al escenario. Pensé que estaba ayudando. Todo sucedió tan rápido...

Maldiciendo otra vez, Teddy voltea y me lleva cerca de él. Me abraza fuerte y besa mi frente.

—Espérame aquí. Quédate a salvo. Volveré pronto.

Toco el lugar donde me besó mientras se marcha. Eso no se sintió como un abrazo vikingo. Se sintió como una despedida.

179

* * *

Lana

Estoy esperando en la sala de filmación, mordiéndome el labio y esperando que Teddy vuelva a aparecer cuando entra una mujer con una vincha floral como la de Daisy.

—Disculpa, ¿eres Lana Langmeyer?

—¿Sí? —Si sueno poco convencida es porque no estoy segura de si debería confesar mi identidad. Probablemente sea la razón por la que Teddy está molesto. No debería haberme subido al escenario en frente de todos; sólo me dejé llevar por el momento.

—¡Pensaba que eras tú! No soy residente así que no voto y pensé que podría encontrarte aquí atrás. Soy una gran, gran fan de DiosaIndumentaria. —Ella estira las manos y muestra el vestido ajustado que abraza sus curvas y su barriga blanda. Es mi diseño más popular.

—Puedo verlo. Luces fantástica. El color lavanda te sienta bien.

—¡Gracias! —Ella se toca el cabello y sonríe, quitándose la vincha—. Sé que no combina con las flores artificiales. A mi abuela le gusta verme con margaritas.

—Creo que es adorable. ¿Cómo te llamas?

—Maisy. Bueno, es Daisy, pero todos me llaman Maisy. OMG, —dice, llevándose las manos a sus mejillas rosadas—. ¡No puedo creer que realmente estoy hablando contigo! No estaba segura de que fuera tú, pero luego te vi en Instagram. Soy fanática de tu empresa.

—Eso es fantástico... —Mi estómago se retuerce cuando me doy cuenta de lo que dijo—. ¿Pero qué viste en Instagram?

—¡Oh! —Maisy me muestra su teléfono—. Alguien publicó y te etiquetó.

Témpanos de hielo recorren mi columna. Alguien filmó mi presentación improvisada. Allí estoy, en el escenario, con mi cabello rosa a la vista. El comentario dice: «En una reunión de ayuntamiento y esta chica luce igual a Lana. @DiosaLana, ¿eres tú?» Como estoy etiquetada, mucha gente ha comentado. *Chica, ¡me encanta el cabello!* Alguien también etiquetó a Anara y ahora sus fanáticos están comentando. Ya hay miles de me gusta.

—Oh no... —ajusto la capucha alrededor de mi cabello como si eso ayudara—. ¿Puedes bajarlo? No se supone que esté aquí.

—No, perdón, yo no lo publiqué.

—Mierda. —Me balanceo y cierro los ojos.

—¿Es tan malo? ¿Te estás escondiendo? —Maisy suena preocupada así que abro los ojos e intento forzar una sonrisa. Me siento mal.

—Algo así. No es bueno que la gente sepa que estoy aquí. —O si quiera viva—. ¿Hay alguna puerta trasera en este lugar? —Miro alrededor, lista para salir corriendo ahora. No lo haré, por supuesto, esperaré a Teddy.

—Sí, está allí atrás.

—Gracias. ¿Ya casi terminan con el voto?

—Ya terminaron, —dice Teddy desde la puerta y corro hacia él—. Tenemos que irnos.

Saludo a Maisy, intentando actuar normal.

—Fue lindo conocerte.

—Vamos. —Teddy me apura hacia la salida. Pasamos al lado de Darius, que está apilando sus presentaciones contra la pared.

—Adiós, Lana, —me dice. No me gusta su tono de voz.

—¿Qué sucedió? —Le pregunto a Teddy. ¿Lo aprobaron con los votos?

—No. Tu presentación surtió efecto. Hubo suficiente

gente convencida de que tenían otras opciones y que no tenían que apresurarse a elegir el plan de Darius.

Trago saliva. Eso no es bueno, ¿no? Teddy luce como si quisiera golpear algo.

—Teddy, —Tomo su brazo—. La nieta de Daisy me mostró su teléfono. Alguien me grabó y lo puso en Instagram. Lo siento mucho.

—No es tu culpa, bebé. —Algo de la ternura de Teddy se filtra en su voz distante—. Me llegó una alerta de mis compañeros del ejército; están monitoreando tu nombre y pueden bajar el video.

—¿Hay alguna chance de que el asesino no lo haya visto?

—Veremos. Ahora mismo necesito llevarte a un lugar seguro.

* * *

La seguridad resulta ser otra cabaña en la profundidad del bosque. Esta está junto a una cascada.

—Este es el hogar de Matthias. Debería ser seguro.

Me hundo en el sofá. Teddy camina de un lado a otro. Estuvo en silencio todo el recorrido hasta aquí.

Algo anda muy mal.

—Estarás a salvo aquí. —Se dirige hacia la puerta.

—¿Adónde vas?

—Necesito llamar a mis amigos y hablar con Matthias de algo.

Me levanto y retuerzo las manos.

—Teddy, por favor háblame. Estás molesto, lo noto.

Se detiene con la mano en el picaporte y baja la cabeza.

—Siento haberme subido al escenario, —digo—. Sólo intentaba ayudar.

—Sí. Ayudar. —Él se frota los ojos—. ¿Hablaste acerca de tu plan de antemano con Hutch y Canyon?

—Hablamos un poco sobre eso. Mi tío Benny, filmando el comercial. La idea del concierto la tuve cuando pasamos por el lugar del festival.

—Ya veo.

—¿Hice algo mal?

Él todavía no se ha volteado a verme.

—Esto no funcionará.

—¿Qué?

—Eres famosa.

—No tan famosa.

—Alguien te reconoció de inmediato. Y todas tus ideas para recaudar dinero, todas involucran mucha prensa y más tráfico hacia la montaña. Se supone que estés muerta, Lana. No puedes conectar el teléfono y empezar a llamar gente.

—Mierda, —susurro—. No lo pensé.

—No, el problema es que sí lo hiciste. Pensaste como una humana.

Hago una mueca.

Teddy continúa,

—¿En serio pensaste que traer a la prensa y un montón de cámaras a la montaña solucionará nuestros problemas?

—Pensé que ayudaría.

—Te conté un secreto. Y lo primero que haces es subirte a un escenario y decirles a todos cómo traerás mucha atención de los medios a nuestra montaña. Nuestra privacidad significa más para nosotros que cualquier otra cosa. No podemos permitir que la gente se entere. Tenemos que escondernos. Eso significa que no hay cámaras o multitudes.

Pestañeo rápido, me arden los ojos.

—Puedo arreglarlo, —le suplico—. Dime lo que puedo hacer para arreglarlo y lo haré.

—No. El daño está hecho. Daisy y los otros no pueden esperar a tener un montón de turistas aquí. Todos los humanos son iguales. —Su rostro se ha vuelto frío. Me está mirando como ve a Darius, como si lo hubiera traicionado. Vuelve a mirar a la puerta.

—¿Adónde vas? —Mi voz se adentra a un territorio agudo.

—Necesito un poco de aire. Tienes que quedarte aquí.

Se me retuerce el estómago.

—Teddy, por favor. No quiero que se vaya. No se trata de mi seguridad, sino de sentir que lo estoy perdiendo. Está realmente molesto.

—Tengo que pensar en lo que haré. No te culpes, Lana.

—Es mi culpa. —Pestañeo, mirando hacia el techo para obligar a las lágrimas a volver al lugar de donde salieron. No quise causar esto.

—Lo sé. Quizás es mejor que nos demos cuenta ahora.

—¿Entonces qué estás diciendo?

—Esto no funcionará. Eres humana. Soy un hombre oso. Vivimos en mundos diferentes.

Presiono una mano sobre mi esternón, donde mi corazón se siente como si estuviera sangrando en mi pecho.

Finalmente encontré una familia. Qué mal que soy de la especie equivocada.

Esta vez cuando abre la puerta, no lo detengo. Murmura algo por lo bajo que suena a «No debería haber cometido este error otra vez».

* * *

Teddy

Siento como si me estuviera moviendo bajo el agua. Mis

sentidos están dormidos, apagados. Dentro de mi pecho, mi oso muerde y ruge.

Lo ignoro.

—Todavía hay tiempo, —dice Matthias. Estamos parados detrás del cuatriciclo entre la cascada y la cabaña. Siempre me ha gustado el sonido del agua que corre. Es pacífico, musical. Pero esta noche, no escucho nada.

Cuando Tiffany me traicionó, no me dolió así. Pero es mi culpa por volver a confiar en una humana.

—Sigo teniendo a la sanguijuela esperando. Puedes llevarla y borrarle la mente. —Matthias hace una pausa, esperando mi respuesta. Tras un minuto de silencio, se aclara la garganta—. Todavía puedes ayudarla, Teddy. Sólo porque no se acuerde de ti no quiere decir que tú te olvidarás. Puedes encontrar a su hermano y asegurarte de que no la lastime.

—Sí, —digo con voz ronca. Pero ella perderá los recuerdos de este tiempo en la montaña. Sus recuerdos de la caminata para esparcir las cenizas de sus padres. No recordará que Bentley quiso matarla, lo que podría ser una bendición. Pero no se acordará a la Montaña Osos Malvados o de mis hermanos. O de mí.

Mi oso ruge, intentando salir. Pero esta vez estoy bajo control.

Matthias me espera, paciente. Recuerdo hace años cuando tuvimos esta misma conversación. Estaba hecho un desastre. Le grité, en negación. Se necesitó de él y Darius para calmarme.

Ahora soy frío. Todas mis emociones están enterradas en lo profundo de mí, junto a mi oso enfadado.

—Si lo hacemos... si le borramos la mente... ¿puedes prometerme que no le hará mal? ¿Todavía podrá dirigir su empresa y vivir una larga vida?

—No hay garantías, pero hay muchas posibilidades de que esté bien. —Hace una pausa—. Tiffany se adaptó. Llevó un tiempo, pero teníamos que borrar más recuerdos. Meses. Con Lana, sólo tendremos que borrar los últimos días.

¿Sólo han pasado algunos días? Se siente como si hubiera conocido a Lana por siempre. De alguna manera así es; he estado esperándola toda mi vida.

Sacar a Lana de mi vida será como cortarme una extremidad. Diablos, bien podría arrancarme el corazón.

Pero es la única forma. Necesito mantenerte a mi familia a salvo. Los trillizos me odiarán por hacerle esto a Lana, pero lo entenderán. Con el tiempo.

—Supongo que si le borraremos la mente, será mejor hacerlo ahora que seguir esperando. Mi pecho se cierra como si mi corazón se estuviera marchitando.

Espero que Matthias me diga que será lo mejor, pero no está escuchando. Está mirando hacia la cabaña, donde la puerta se ha abierto.

—Lana.

—Volteo.

—¿Teddy? —Su piel oscura está pálida—. ¿De qué hablas? ¿Qué quieres decir con *borrarme la mente*?

Capítulo Trece

Lana

Vomitaré.

La mirada culpable de Teddy se posa rápido en mi rostro.

Matthias se aclara la garganta.

—Puedo explicarlo.

—No. —Teddy pone una mano sobre el hombro de su hermano—. Yo lo haré. —Su voz es de plomo. Suena como si tuviera un millón de años.

Inhala profundo y luego dice rápidamente, como si estuviera quitando una curita,

—Borrar la mente es algo que puede hacer un vampiro. Las sanguijuelas, vampiros, pueden quitarle los recuerdos a alguien. Lo hacemos cuando un humano nos ha descubierto y necesitamos que lo olviden. El vampiro puede quitarle los recuerdos para que el humano ya no recuerde a los transformistas.

Humanos.

Transformistas.

Tan tajante, tan blanco y negro. Pensé que Teddy y yo

teníamos una conexión. Pensé que éramos pareja y que era el destino. Pensé que había encontrado una familia. Pero aquí está hablando como si fuera una especie y yo otra. Es peor que tener un padrastro rico y blanco. Mucho peor.

—¿Eso qué me haría? —Pregunto—. ¿Hacer que te olvide? ¿Que nos olvide?

Matthias me mira a mí y a Teddy y de regreso.

—Dejaré que ustedes hablen de esto. —Me asiente con solemnidad y desaparece en su cabaña. Teddy sigue sin mirarme y su hombro está rígido.

—Puede que sea lo mejor. —Digo ahogada.

—¿Eso crees? ¿Crees que sería mejor si esto nunca hubiera sucedido? ¿Si nunca te hubiera conocido? ¿Si nunca hubiéramos estado juntos?

Matthias habló de almas gemelas y me ilusionó. Pero es evidente que no soy la indicada para Teddy. Porque ahora mismo está intentando descartarme como basura.

Y no lo dejaré. Levanto el mentón.

—Bien. Hazlo.

—¿Qué? —Teddy levanta la cabeza—. Bebé...

—Ya no puedes llamarme así. Olvidaré todo acerca de ti, ¿recuerdas? Quiero que lo hagan. —El aire en mis pulmones se ha transformado en cuchillos. Cada respiración es dolorosa—. Pensé que teníamos algo bueno. Lo sentía en mí. Pensé que iba a ser parte de tu familia.

—Lana, —pone una mano sobre mi brazo y yo me sacudo. No más abrazos de vikingo. Si vuelve a poner los brazos a mi alrededor, me destrozará.

—¿Sabes qué, Teddy? Tienes razón. Tu secreto es demasiado importante. Si esto te ayudará, si mantendrá a tu familia a salvo, entonces quiero que lo hagan. —Giro y toco la puerta de la cabaña—. ¿Matthias? Me gustaría ir ahora.

Matthias sale sin expresión en su rostro. Me siento extremadamente cansado.

—Me gustaría ir ahora. Me propongo como voluntaria para esta cosa de borrar la mente. ¿Podemos parar a buscar mi mochila con todas mis cosas?

—Lana. —Teddy está a mi lado. Levanto una mano y no lo miro—. No, ya no quiero hablar contigo. No quiero verte. Si esta relación está terminando, terminará bajo mis términos. —Giro hacia Matthias y digo las palabras que nunca pensé que diría—. Llévame con el vampiro.

Matthias me observa y me da la sensación de que ve más allá de mis hombros tensos y las lágrimas que caen por mi rostro.

—¿Estás segura de esto?

—Estoy segura. Pero quiero que me lleves tú y no él. —Le doy la espalda a Teddy y dejo en claro que ahora le estoy hablando a Matthias. Si alguien me llevará a que me hagan este procedimiento, será él.

—Lana, —gruñe Teddy—. No quiero terminar las cosas así.

—Qué mal. Tomaste una decisión y ahora yo he tomado la mía. —Lo miro a Matthias y no a él—. Quiero ir ahora.

Lana

Matthias me lleva camino abajo por la montaña en el cuatriciclo. Paramos en la cabaña de los trillizos para buscar mi mochila. No parece que haya nadie en casa, pero Matthias me deja en el asiento mientras corre a tomar mis cosas, sólo por si acaso. Él y yo estamos de acuerdo; si los Tres Terribles se enteran de lo que estoy a punto de hacer, esto será más problemático de lo que ya lo es. En el mejor de los casos, harán un

189

Renee Rose & Lee Savino

berrinche. En el peor, harán que Everest me secuestre en un intento por *rescatarme* de mi destino. Se siento tensa en el cuatriciclo, esperando los gritos de ira, casi esperando que Hutch y Canyon salgan disparados de la cabaña gritándole a Bern que busque el helicóptero para que pueda escapar.

Pero eso no sucede. Matthias entra y sale, vuelve a mi lado con una mochila rosa en la mano. La tela brilla en la oscuridad, pero verla no me alegra como lo haría usualmente. Estoy completamente vacía de alegría. Intentar buscarle un lado positivo a la situación sólo me hace sentirme cansada.

Vagamente me pregunto cómo funciona exactamente el borrar la mente.

Matthias deja que el silencio se alargue entre nosotros mientras el cuatriciclo rebota por el camino entre filas oscuras de árboles.

Me obligo a abrir la boca y a hacer preguntas.

—¿Qué tan largo es el viaje?

—Un par de horas.

Me acomodo en mi asiento. Sólo un par de horas en las que aferrarme a mis recuerdos de Teddy. A los buenos.

—¿Dolerá?

—No.

—¿Cómo lo sabes? ¿Te han borrado la mente?

—No, Lana Nunca me han borrado la mente. Pero no duele. Es como ser hipnotizado. Será igual que quedarte dormida.

Eso es apropiado. Me quedaré dormida y todo lo que viví habrá sido como un sueño. ¿Me despertaré descansada o asustada o confundida, como si hubiera tenido una pesadilla? Supongo que no importa.

Matthias sigue hablando. Su voz es suave y estable,

como la de un profesor, y dejo de escucharlo hasta que se detiene y me mira.

Inclino la cabeza como si estuviera de acuerdo con cualquier cosa que haya dicho.

—Estarás bien, Lana.

—Aján. —Mi voz suena como la de una muerta.

Ambos sabemos que es mentira.

El cuatriciclo sale de un bosque hacia un estacionamiento privado que luce mucho como en el que estaba mi todoterreno alquilada antes de explotar. —Este es mi coche. —Me señala un coche deportivo rojo. Si estuviera de buen humor, lo cargaría por tener un ostensivo coche de doctor, pero no lo estoy, así que me bajo y camino hasta el lado del acompañante sintiéndome inerte.

Junto al coche hay un Mercedes todoterreno plateado. Se enciende una luz en el interior que muestra a un gran tipo rubio. Me quedo sin aliento por un segundo, pensando que es Teddy, pero no, es Darius. Me doy cuenta por la forma en la que se mueve cuando sale del coche. Está descalzo y ya no lleva traje, sino sólo una camiseta y pantalones sueltos.

—Darius, —lo saluda Matthias—. ¿Fuiste a correr?

—Acabo de volver y transformarme, —confirma Darius. Sus ojos brillan de color plateado cuando se posan en mí—. ¿Qué sucede?

—Me borrarán la mente, —le digo—. Teddy y yo cortamos.

Darius entrecierra los ojos.

Matthias me abre la puerta del coche y me deslizo para entrar. No quiero explicar más de lo que dije.

Matthias y Darius hablan por un momento en voz baja. Ni siquiera intento escucharlos. Pronto, el lado del conductor se abre, pero para mi sorpresa no es Matthias, sino Darius el que entra.

Matthias toca mi ventana.

—Darius quiere llevarte. ¿Eso está bien?

—Seguro, —le digo. ¿Qué importa?

Darius acomoda el espejo retrovisor.

—Hay un par de cosas que quiero decirte de camino allí.

Acerco mi mochila a mi pecho y volteo la cabeza para mirar por la ventana.

—Como sea. —Sueno como una adolescente amargada por primera vez en la vida.

Darius enciende el motor y ronronea en su lugar en el estacionamiento. Matthias está parado con las manos en los bolsillos y nos mira irnos. Probablemente debería haberme despedido con la mano. Pero no es como si fuera a recordarlo a él o cualquier otro de todas formas.

Teddy

En qué. Carajos. Estaba pensando.

¿Cómo pude, siquiera por un minuto, considerar borrarle los recuerdos de mí a Lana?

Ni bien se va, es como si mi corazón se hubiera ido de mi pecho. No, más como si me faltara un órgano en el cuerpo. Soy una pila de huesos secos, con nada que me dé vida.

Intento caminar hacia la cabaña pero me encuentro de rodillas en la tierra. Mis piernas ni siquiera funcionan.

—Lana. —Intento decir su nombre, pero sale como una tos rasposa. Como si mi boca estuviera llena de tierra. Demasiado seca como para siquiera formar una palabra. —Lana, —vuelvo a intentar sin más éxito.

¿Qué he hecho?

¿Esta realmente puede ser la respuesta? Si esto estuvo bien, ¿por qué se siente tan mal? No sólo mal, horrible, horriblemente mal.

Pero Matthias pensó que era lo correcto. Y Darius también.

También tuvieron que intervenir con Tiffany.

¿Soy incapaz de ver lo que hay hacer aquí? ¿Estoy cegado por la lujuria por la humana dulce?

¡Pareja! ruge mi oso.

Y ahí es cuando tengo miedo de verdad. Porque si mi oso tiene razón, si Lana es nuestra pareja, acabo de cagarme a mí mismo de la peor forma posible.

Los transformistas que encuentran a una pareja y no la reclaman se vuelven salvajes.

Acabo de firmar mi propia sentencia de muerde para salvar a la montaña.

Y honestamente, ni siquiera me importa morir. Porque morir no es nada comparado con el dolor de saber que lastimé a Lana. Sabe que lo último que recordará de mí, aunque no por mucho tiempo, será mi completa traición.

Lana

Hay una piedra en mi garganta que amenaza con ahogarme. Me concentro en respirar profundo para no tener que ir con Darius mientras las lágrimas caen por mi rostro. Cuando pasamos el cartel de la montaña Osos Malvados, cierro los ojos para no tener que ver a los osos pintados corriendo por el bosque difuminado.

—¿Entonces qué sucedió? —Pregunta Darius, su voz es casual como si me estuviera preguntando por el clima.

Agarro mi mochila con más fuerza.

—Teddy dice que somos de mundos diferentes.

—Tiene razón, sabes. Lo eres, —me dice Darius y brevemente contemplo la idea de tirarla la mochila por la cabeza. No quiero ir todo el camino con Darius diciendo «Te lo dije». No quiero mirarlo ahora mismo porque luce tan igual a Teddy. Una versión con mente empresarial y perfeccionista de Teddy, pero igual a Teddy. Darius hasta se ha dejado crecer un poco la barba, probablemente para la reunión de ayuntamiento.

Darius deja que pasen algunos kilómetros antes de decir,

—Sabes, la última vez Teddy estuvo con una humana salió mal.

—¿Era Tiffany?

—Sí, Tiffany. ¿Teddy te contó acerca de Tiffany?

—No. No me ha contado nada.

Estoy enojada por esta Tiffany y lo que sea que haya hecho para joderme las cosas a mí. Estoy enojada con Teddy y muy segura de que tampoco me cae bien su hermano gemelo ahora mismo.

Darius asiente.

—Tienes que saber acerca de Tiffany.

Genial. Como si este viaje no fuera lo suficientemente horrible, me toca escuchar sobre la ex de Teddy.

Pero Darius parece estar decidido.

—Teddy era joven. Sólo tenían dieciocho. Pensó que ella era su pareja.

El dolor corta mi corazón. *Pareja.* Allí está esa palabra otra vez.

—¿Entonces por qué no está con ella? Tengo que sonar como si eso no significara nada para mí, como si no me importara. En un par de horas, no recordaré nada. ¿Sentiré que falta algo, como un miembro fantasma? ¿Mis pensamientos se trabarán en el lugar donde estaban los recuerdos de Teddy? ¿O será como si él nunca hubiera existido?

No puedo imaginar no ser capaz de recordar a Teddy. Lo que sea que vaya a hacerme el vampiro, probablemente sabré en mi interior que conocí a alguien especial y ahora se ha ido.

—Teddy tenía toda la intención de pasar la vida con Tiffany, —dice Darius—. Pero el día después de contarle nuestro secreto, ella se contactó con un periodista con la noticia de que tenía la historia del siglo. Se contactó no con una, sino con las tres cadenas de noticias más importante para ver si podía conseguir que vinieran muchas cámaras a difundir la historia.

—Oh, —susurro, sorprendida.

—Sip. Teddy no sabía nada de esto. Había pedido prestado el coche de Ma para un mandado especial. Había mandado a hacer un anillo de compromiso en un joyero que quedaba en Albuquerque. Mientras estaba planeando proponerle casamiento, Tiffany iba a contarle nuestro secreto al mundo.

El amor de la vida de Teddy planeaba traicionarlo después de que le había confiado sus secretos. No sorprende que esté nervioso acerca de las cámaras.

—¿Qué sucedió?

—La escuché hablando con el periodista. Necesitaba evidencia para darle y que creyera que no lo estaba inventando todo. Tomé su teléfono y Matthias la sedó e hicimos planes para borrarle la mente. Pero igual teníamos que contárselo a Teddy. Él... no lo tomó bien.

—Ya lo creo. —El dolor en mi pecho se transforma, se suaviza. Siento dolor por el hombre oso joven, el chico esperanzado que Teddy solía ser.

—Fui el que le dio la noticia. No me creyó hasta que le mostré el teléfono de Tiffany con los registros de mensajes y llamadas. La única razón por la que Tiffany no le había contado todo al periodista es que quería dinero. Trescientos mil dólares.

Me hace ruido el estómago. ¿Iba a vender a la familia de Teddy por dinero? Esta historia me hace sentir mal.

Darius mira por el espejo retrovisor.

—El periodista dijo que Tiffany podría tener cualquier cantidad de dinero y de contratos para libros, pero que primero necesitaban pruebas. La codicia de Tiffany nos dio tiempo. Teddy y Matthias la llevaron con la sanguijuela.

—¿Funcionó? ¿Lo olvidó? —No he escuchado una noticia sobre hombres oso, así que debe haber funcionado.

—Su caso era más complicado. Ella y Teddy habían estado juntos por un tiempo. Se conocieron en la secundaria y estuvieron juntos cuando Teddy tomó un par de clases en la universidad. La sanguijuela tenía que borrar varios meses de recuerdos. Cuando Tiffany se despertó, tenía problemas recordando su propio nombre.

Ah, mierda. No me di cuenta de que lo dije en voz alta hasta que Darius me toca el brazo.

—Está bien, Lana. No será tan malo en tu caso. Puede que también hayamos sido muy agresivos cuando borramos su memoria porque teníamos que destruir la credibilidad de Tiffany. Y funcionó. El periodista pensó que la historia de Tiffany era un delirio y nuestra vida permaneció a salvo. Gracias al Destino.

Sostengo mi mochila rosa con tanta fuerza que se me acalambran las manos. La suelto un poco.

—Tiffany se recuperó en un par de meses. Matthias la mantuvo controlada; era un paramédico así que tenía una excusa para contactarla. Lo último que supe era que tomó un trabajo conduciendo camiones por el país. Nunca regresó a este lugar. No tiene recuerdos de los hombres oso ni de intentar conseguir dinero por la historia. Pero Teddy... un par de días después de borrarle la mente a Tiffany, Teddy se unió al ejército. No volvió a esta montaña por cinco años.

Conducimos un par de kilómetros más en silencio. Yo estoy digiriendo esto. Darius luce sombrío, como si estuviera reviviendo el pasado.

—¿Ahí fue cuando fuiste a la universidad? —Le pregunto, más que nada para decir algo. Durante la pelea entre Darius y Teddy, Darius dijo que había estudiado finanzas.

—Alguien tenía que quedarse a cuidar de Ma, —gruñe Ma—. Teddy se había ido. Matthias tenía que concentrarse en entrar a medicina. Los Tres Terribles estaban creciendo y metiéndose en problemas. Ma no tenía un segundo libre. Trabajé en construcción y fui a la universidad a la noche. Me enseñé a hacer operaciones durante el día. Luego fui a Nueva York por una maestría. Teddy piensa que abandoné a la familia, pero él fue el primero. —Darius toma con fuerza el volante. Si fuera Teddy, le pondría una mano en la espalda para calmar la tensión en sus hombros.

Quizás este viaje sea menos acerca de mí y más acerca de hablar sobre sus propios problemas. No hay mejor persona para escuchar tus secretos vergonzosos que alguien a quien le están por borrar la mente.

—Hiciste lo mejor que pudiste, —le digo—. Ambos lo hicieron.

Los hombros de Darius se relajan.

—Tal vez. Fui el que sugirió que la ciudad tomara un bono. Era joven y muy engreído. No sabía que no sabía cosas. Ahora la ciudad está endeudada y es mi culpa.

—Está bien, Darius. No tienes que darme explicaciones.

—Creo que sí debo. Significas algo para Teddy.

Es mi turno de tensarme.

—No, en realidad no.

—Le importas.

—Tal vez. Pero no lo suficiente como para hacer que funcionen las cosas. Me quiere fuera de su vida. Cuando se complicaron las cosas, me dejó ir.

—Teddy puede parecer grande y rudo, pero es un rollo de canela. Hace años puso a la familia en riesgo. No quiere volver a cometer el mismo error.

Busco en mi bolso por una manteca de caceo y me encuentro con mi celular roto. Matthias tiene un cargador de celular enroscado en la consola central que va con el mío, así que saco mi teléfono y lo enchufo.

—¿Qué estás intentando decir, Darius?

—Sólo quiero que entiendas de dónde viene Teddy.

—Bien. Gracias, supongo.

No es como si fuera a recordar esto de todas formas. Darius duda, como si quisiera decir algo más, pero miro por la ventana. Ya estamos en la autopista. ¿Cuánto tiempo queda antes de olvidarlo todo? Debería estar recordando todo lo bueno, pero no quiero llegar al destino llorando.

Darius sigue mirando por el espejo retrovisor. Sin advertencia, pasa un semáforo y cruza tres carriles a toda velocidad para tomar la salida. Lucho por sostenerme de la manija de emergencia, pero no hay una.

—¿Darius? ¿Qué estás haciendo?

Él desciende la velocidad, gira en U y me hace moverme en el asiento.

—Creo que alguien nos sigue.

—¿Qué? ¿Dónde?

—Una todoterreno negra. Allí atrás. Tomaremos

caminos secundarios. —Él revisa el espejo retrovisor compulsivamente por los próximos minutos y finalmente se relaja—. Los perdimos.

Mi estómago ya no da vueltas, más que nada porque creo que lo dejé en la autopista.

—¿Quién crees que sea?

—Algún idiota asesino que contrató el tarado de tu hermanastro.

—¿En serio? —Estiro el cuello, pero el camino oscuro está vacío.

Probablemente debería asustarme, pero parece que he llegado a mi límite de sustos por el año. Que me asesinen no podría sentirse peor de lo que me siento ahora mismo. Que me dejó mi vikingo. Que descubrí que quería borrarme la mente porque me equivoqué y sugerí traer publicidad a Osos Malvados.

Dios, ¡confié en este hombre! Me sentía segura con él. Pero no podría haber estado más en peligro.

Me rompió el corazón en dos. Y luego me envió con el vampiro.

—¿Cómo me encontraría Bentley? —Pregunto sin demasiado interés.

Darius frunce el ceño mirando el camino delante de nosotros como si escondiera asesinos y él fuera a dispararles con los ojos.

—El celular, —grita finalmente—. Así te está rastreando. —Él baja la ventanilla, toma mi teléfono y lo tira hacia la noche.

—¡Ey! —Me enderezo.

—Te compraré uno nuevo.

Me vuelvo a acomodar en mi asiento.

—Está bien, —murmuro—. Me borrará la mente, ¿no? Probablemente me olvide de todas las personas que conozco.

—¿Qué? —Darius frunce el ceño—. No funciona así. La sanguijuela... quiero decir, el vampiro puede buscar recuerdos específicos. Sólo borrará las de estos últimos días.

—Oh. Las palabras *borrar la mente* suenan tan definitivas.

—Sí. Te olvidarás de los hombres oso, pero igual recordarás tu vida. Matthias me dijo que tomará tus recuerdos desde el principio de la caminata. ¿Teddy o él no te explicaron esto?

—No estoy hablando con Teddy. Matthias puede haberlo hecho, pero estaba bastante molesta y no lo escuché.

Darius se concentra en conducir por unos kilómetros y luego dice en voz baja,

—Lo amas.

Hago una mueca y abrazo más fuerte mi mochila.

—No importa. En un par de horas, ni siquiera lo recordaré.

—Lana...

Abro la boca. Simplemente tengo que decirlo.

—Sé que Tiffany lo traicionó, pero no soy ella. Nunca le haría eso. A ninguno de ustedes. Pero no tienen que creerme. En un par de horas se habrán deshecho de mí. —Volteo y le digo a la ventana—, no puedo esperar.

—Dilo de nuevo con un poco menos de enojo y entonces te creeré.

Giro la cabeza para mirar a Darius. Él levanta una ceja y luce tan parecido a Teddy que quiero pegarle.

—Lo amas, —repite.

—Por supuesto que lo amo, —respondo mal.

Darius niega con la cabeza.

—Claro.

Lo próximo que hace es desacelerar la camioneta deportiva de Matthias y girar.

Me sostengo del asiento y hundo las uñas en el cuero.

—¡Darius! ¿Qué carajos? —Busco una todoterreno negra o cualquier tipo de coche que nos siga, pero no hay nada. El camino está vacío.

—Esto fue un error, —me informa—. Te llevaré de regreso.

Lo miro boquiabierta.

Darius pone el coche a toda velocidad.

—Amo a mi gemelo. Tenemos nuestras diferencias. Es un poco más rápido que yo en una pelea, y yo... soy más lindo.

Resoplo.

—Después de lo que pasó con Tiffany, estaba dolido. En su interior creo que una parte de él me culpa porque fui el que se enteró y el que se lo dijo.

—Darius, qué carajos...

Él levanta una mano y me callo en caso de que saque ambas del volante mientras giramos en una curva.

—Escucha. Lo que estoy diciendo es que Teddy se aferra más a las cosas que la mayoría. Desde lo que pasó con Tiffany, no ha vuelto a estar en una relación seria. Para nada. Se entregó al servicio militar y luego trabajó con manada de lobos Black para hacer funcionar a su negocio de seguridad y su helicóptero. Pero ahora sólo está lamentándose.

Me quedo boquiabierta. Estoy intentando comprender lo que dice Darius mientras me sostengo del asiento del coche. Hace dos segundos estaba dirigiéndome hacia un vampiro. Ahora Darius ha dado un giro de 180 grados literalmente, ¿y estoy volviendo a Teddy?

Se siente tan bien que creo que lloraré. Pero no importa

si Darius piensa que borrarme la mente es un error, Teddy todavía cree que es lo correcto.

—Solía ser un tipo feliz y despreocupado. Para sus amigos lo sigue siendo. Pero cuando siente cosas, las siente profundamente.

—No creo que esté feliz conmigo. Puede ser muy gruñón.

—Eso es porque lo haces sentir cosas. Lo haces querer más. Él cerró esa parte de su persona hace mucho tiempo y está enojado porque la estás despertando.

—¿Cómo lo sabrías? Todo lo que hacen es pelear.

—Soy su gemelo, —dice con simpleza, como si eso explicara por qué es experto en los sentimientos personales de Teddy—. Y tú eres su...

—No lo digas. —Levanto las manos, con las palmas hacia arriba como si estuviera parando el tráfico. O rindiéndome. Pero en serio no quiero escuchar la palabra *pareja*. Matthias dejó entrever algo y me hizo ilusionar—. Si es verdad, ¿por qué me dejaría ir?

—Teddy exageró. Cometió un error. Pero eres su única esperanza de rescate, Lana, y yo no puedo dejar que te deshagas de tus recuerdos porque mi hermano es un gran idiota. Eres su pareja...

Hago una mueca.

—Lo eres. ¿Sabes cómo lo sé? Tiffany corrió a contactarse con los periódicos y las cámaras para tener un segundo de fama. Tú ya eres famosa y estás corriendo a borrarte la mente para que nadie pueda sacarte el secreto. Eso es amor. Y no dejaré que Teddy lo tire a la basura.

Abro la boca para decir algo, no sé qué, pero la luz de la luna refleja un obstáculo en el camino adelante y grito,

—¡Cuidado!

El coche deportivo tiene buenos frenos. Darius hace un

buen uso de ellos. Las llantas chillan y reboto contra la puerta del pasajero, pero nos detenemos.

Hay una todoterreno negra gigante bloqueando el camino.

—Mierda. —Darius pone el coche marcha atrás a toda velocidad, girando en el camino y yendo rápido por donde vinimos—. Bentley debe haber pedido refuerzos.

Ah claro. Casi lo olvido, mi hermanastro está intentando matarme.

—¿Más asesinos?

—Todo un equipo.

Estiro el cuello justo a tiempo para que Darius frene el coche, fuerte. Otra todoterreno negra bloquea el camino por delante. No hay adónde ir. Estamos en una especie de cañón, con colinas a cada lado y sin otros caminos o rastros de civilización alrededor. Estamos atrapados.

—Mierda, —decimos ambos al mismo tiempo. Detrás, las puertas de la todoterreno se han abierto y unos hombres de negro salen.

—Bien, este es el plan. —Darius busca en su bolsillo y saca su celular—. Tomarás esto y correrás hacia las colinas.

—Ingresa un código y me pasa el teléfono.

—¿Debería pedir ayuda? No hay señal.

—No la necesitas. Hay un rastreador especial allí. Acabo de activarlo con un código de emergencia. —Una leve sonrisa aparece en su rostro—. Teddy mismo lo programó. Lo hizo para todos los miembros de la familia. —Se estira y toma el picaporte de la puerta—. Cuando lo diga, corre.

—¡Espera! ¿Qué hay de ti?

Su sonrisa muestra todos los dientes. Parece un tiburón.

—Yo seré la carnada.

—Pero...

—Eres la pareja de mi hermano. Haré lo que sea necesario para sacarte de esto con vida.

—Darius, —susurro.

—No te preocupes, niña. —Me toca la nariz y se parece tanto a Teddy que quiero pegarle—. Ah, y me quedaré con esto. —Toma mi mochila que brilla en la oscuridad—. ¿Lista?

Mi pecho se mueve como si estuviera empezando a hiperventilar. Trago saliva y asiento.

—A las tres, —dice Darius—. Los distraeré. Y... que no te atrapen, corazón. Necesito que envíes a mis hermanos a rescatarme.

Capítulo Catorce

Teddy

Por una hora después de que se va Lana, mi oso gruñe y grita, lucha por salir. *Es demasiado tarde*, le digo. *Se ha ido.*

Nos dejó. Y lo hizo porque soy un imbécil. Ni bien abrí la boca para decirle lo de borrar la mente, supe que estaba mal pero se lo conté de todos modos. No confié en ella, a pesar de que dejó en claro que haría cualquier cosa para ayudarnos. Estaba intentando salvarnos y a cambio, la saqué de mi familia.

De mi vida, pero nunca de mi corazón. Eso sería imposible. Ni siquiera un picahielo podría arrancarla de ese órgano.

Aunque no importa. La lastimé. Terriblemente. Irreparablemente. Y ahora mismo, es probable que tenga miedo y esté dolida y sufriendo los últimos momentos de tenerme en su vida.

Mierda.

Ella quería salvar nuestra ciudad, pero no pudo salvarme de mí mismo.

Me froto el rostro con las manos. ¿Qué carajos estoy haciendo? ¿Cómo pude dejarla ir?

Un *zzzt zzzt zzzt* molesto viene de mi bolsillo de atrás. Saco el teléfono.

—Por fin, maldición, —dice Deke de mala manera—. He estado intentando contactarte. Encontramos a Bentley.

—Eso es bueno...

—No, no lo es. Él y todo un equipo de asesinos están de camino a cazar a tu chica.

Estoy de pie en un santiamén.

—¿Me estás tomando el pelo?

—No. ¿Está contigo?

—No. *La dejé ir.* —No digo esa última parte. No puedo soportar la verdad en voz alta: Tuve a mi pareja a mi lado y la alejé—. Se fue de la montaña. Estamos separados. Está con Matthias.

—Comunícate con él y lleva a Lana a un lugar seguro. Te enviaré las últimas coordinadas que sabemos de Bentley. Necesitarás refuerzos. Estamos yendo.

Cuelgo y llamo a Matthias, pero el sonido de su intercomunicador se escucha justo afuera de mi puerta.

—¿Qué carajos?

—¿Teddy? —Matthias está afuera. Un cuatriciclo llegó mientras estaba hablando por teléfono con Deke. ¿Ya visitó a la sanguijuela con Lana?

Un dolor agudo atraviesa mi corazón.

La puerta de la cabaña se abre de pronto. Hutch, Bern y Canyon aparecen con las extremidades unidas, luchando por pasar juntos por la puerta.

—¡Te mataré! —Canyon tiene los brazos estirados, los dedos flexionados como si estuvieran alrededor de mi garganta. Hutch y Bern están intentando contenerlo.

—¿Dónde está? —Grita Canyon—. ¡Lana! ¡Te llevaremos a un lugar seguro!

—Ella no está aquí, —dice Matthias detrás de ellos.

Axel está a su lado, inclinado sobre el cuatriciclo con un cigarro en la mano.

—Sí, amigo. Cálmate.

Mi gruñido parte la noche y los Tres Terribles se calman. Empujo para pasar junto a ellos y gruñirle a Matthias.

—¿Dónde está?

—Darius quiso llevarla, —Matthias se encoge de hombros—. Ella estuvo de acuerdo.

Darius. Maldito.

—Tenemos que traerla de regreso.

—Ella quería borrarse la mente.

—¿Qué? —Canyon cuelga de los brazos de su hermano —. ¿Por qué?

—Sí, ¿por qué se iría? —Insiste Hutch—. Le hicimos un pastel.

Everest apareció junto al cuatriciclo con un pastel casero de tres capas. La cobertura blanca se desliza por los costados. Por encima hay una letra cursiva que luce escrita por un bebé ebrio. Dice, «bienvenida a la familia» con un manchón marrón horrible debajo de lo que se supone que sea un oso.

Axel mira al pastel y a Everest y de nuevo al pastel.

—Gran trabajo.

—No lo sé, —dice Hutch—. Creo que le puse mucha agua a la cobertura...

—Escuchen, —grito—. Lana está en problemas.

Todos cierran la boca.

—La manada de lobos Black me está enviando la última ubicación que sabemos del enemigo. Tenemos que irnos.

—¿Quiénes? —Canyon empuja a sus hermanos—. No nos dejarás atrás.

—No. Necesito su ayuda. Toda su ayuda. —Miro a los rostros juntos de mis hermanos, incluidos los trillizos. Lucen tan jóvenes, pero son familia y los necesito—. Tenemos que encontrar a Lana e interceptar a Bentley. Llevaremos los helicópteros. Todos.

Mi celular empieza a sonar fuerte. También el de los demás. Hay un momento de confusión mientras todos sacamos los teléfonos y miramos las pantallas.

—Qué ca... —dice Canyon.

—El rastreador, —Tomo mi teléfono—. Darius está enviando una señal de ayuda.

—Y ahora tenemos coordinadas, —dice Matthias.

—Osos malvados activados, —dice Hutch. Luce decidido, pero hay un tono dudoso en su voz.

—Sí. —Tomo su hombro—. Osos malvados activados. Ahora, esto es lo que haremos.

* * *

Lana

Mis latidos hacen eco en mi pecho y llegan a mis extremidades, pero mi respiración se ha ralentizado al ritmo del contador de Darius.

—Uno... dos...

A las tres, ambos abrimos de golpe las puertas del coche. Me apresuro hacia los arbustos al costado del camino y mis botas se raspan con el piso rocoso.

Darius está gritando algo y llamando la atención hacia el mismo. Bajo la cabeza y corro colina arriba. El olor de la salvia crece mientras piso las plantas brillantes. Esquivo y me escabullo, intento encontrar la forma de esconderme. Una apertura en la colina, algún tipo de hueco. Mi mano está moldeando el celular de Darius. Podría ir más arriba a ver si eso permitirá que Teddy me rastree mejor.

Al menos no tengo un atuendo que brille en la oscuridad. Sigo con la sudadera de Teddy. Es negra. Eso es bueno. Tomo mis trenzas y las pongo dentro de la capucha. Entre la sudadera negra y la falda de denim, espero poder mezclarme con el paisaje. A menos que los asesinos tengan algún tipo de visión nocturna con sensores de calor que les permitan verme en la noche. Entonces estaré jodida.

Detrás de mí, mi mochila rosa brilla encima del coche deportivo. Darius debe haberla puesto ahí por alguna razón. Está caminando lentamente hacia las todoterrenos, con las manos en el aire.

Las puertas de las todoterrenos se abren y escupen a un montón de hombres de negro. Las luces de los coches iluminan los cañones largos de sus armas negras.

—No disparen, —llama Darius—. No disparen.

Suena tan tranquilo. Está parado en el medio del camino, justo en el paso de las luces. El objetivo perfecto. El equipo de asesinos levanta las armas en posición. La radio de alguien hace ruido.

—Está en las colinas. La buscaremos.

Un sonido fuerte rebota contra las paredes del cañón. Me estremezco, tirándome al piso, aunque el disparo no me dio o aterrizó cerca de mí. Le debe haber dado a Darius.

Abajo en el camino hay un rugido y una gran forma oscura se apresura hacia los asesinos. Darius, en modo hombre oso. Las balas suenan una y otra vez. El rugido sólo se vuelve más potente.

Tengo que hacer algo. Darius está allí abajo luchando o

muriendo, le están disparando una y otra vez. Teddy se sanó rápido, pero era un corte en su cabeza; ah... y las balas de los drones. ¿Cuántas balas puede soportar un hombre oso antes de morir?

Agachada, lucho por subir la colina. Tengo que llegar a la cima. *Vamos, Teddy. Necesito que me rescates.*

* * *

Teddy

El ruido de las aspas del helicóptero suena a mi hogar. Es irónico que a mi oso, por más grande y malvado que sea, le encante sentir el viento fresco sobre su rostro. En el ejército aprendí que me encantaba el cielo. Por supuesto, no hay mucho que pueda matar a un hombre oso. Quizás esa valentía hace que sea más divertido.

Esta noche no estoy en el asiento del piloto. Bern está allí, con sus auriculares. Yo cuelgo con la mitad del cuerpo afuera, buscando el terreno. Del otro lado, Canyon hace lo mismo. Nos dirigimos a las coordenadas que el rastreador del teléfono de Darius nos envió a todos. Si se mueve, lo seguiremos.

Por ahora no lo ha hecho.

Estoy yendo, hermano. Espera.

Matthias vuela otro helicóptero con Hutch y Everest. Axel llevó el tercer helicóptero hacia Taos para buscar a tantos de la manada de lobos Black como entren.

Si tenemos suerte, llegaremos a la escena justo a tiempo. Si no...

Mi pecho se sacude con el gruñido de mi oso. Tenemos que llegar a Lana a tiempo. No hay otra opción.

Bern murmura en su micrófono. —Ya casi llegamos a la ubicación. ¿Tienes una visual?

El camino es una junta tranquila entre las colinas. En algún lugar bajando el cañón desolado y rocoso, Lana está corriendo por su vida.

—La señal de rastreo está allí abajo, —reporta Bern—. ¿Dónde están?

Una mochila rosa brillante brilla en la oscuridad justo sobre el coche deportivo de Matthias.

—Allí. —La señalo aunque nadie puede verme—. Mochila rosa a las dos en punto.

—10-4. Osos de trueno en camino. —Bern dirige el helicóptero para bajarnos.

Lana

Diré esto del denim: es duradero y siempre está de moda. Puedes vestirlo más formal o informal, trabajar todo el día e ir a una fiesta luciendo como una estrella de rock. Lo que no recomiendo es correr con denim. Es un pequeño consuelo saber que tu falda es linda mientras corres para escapar de un grupo de asesinos.

Sigo mitad corriendo, mitad trepando en la vaga dirección de la cima de la colina. Mis nudillos y palmas están raspándose contra las rocas y el sudor pega mi camiseta a mi espalda.

Abajo, los disparos y rugidos han cesado. De vez en cuando, la calma dolorosa se ve resaltada por algún grito errático o rugido acallado. El sonido de mis propios latidos es estrepitoso.

¿Cuánto llevo corriendo? Tengo los muslos paspados y mis senos rebotan, pero no importa. La adrenalina me empuja colina arriba. No sé si alguien me está siguiendo o si me he escapado. Puede que haya corrido/me haya arrastrado por kilómetros.

Estoy dándole la vuelta a una piedra cuando lo escucho: el sonido *tak-tak-tak* de las aspas del helicóptero cortando el aire. Estoy lo suficientemente alto como para ver el terreno que se abre frente a mí. Está mi mochila rosa, brillando sobre el coche de Matthias en el camino de abajo. La luz de la luna cae sobre las rocas y los arbustos. Dos helicópteros sobrevuelan la zona. Uno es blanco. El que está detrás es negro y más difícil de ver. Están bajando y envían ráfagas de polvo en el aire.

Se escucha un *whush* y una figura salta del helicóptero blanco. No puedo ver quién es, pero de quien sea que se trate, lleva una falda escocesa. Más gritos y dos figuras más saltan hacia el aire. A lo lejos se ven relámpagos que iluminan tres figuras que cuelgan de paracaídas y flotan hacia abajo.

Verlos me da escalofríos. El helicóptero ruge por encima. El negro vuela por encima del camino y cambia a un reflector que se mueve por el terreno. Se escuchan más disparos cuando los asesinos devuelven el fuego.

El sonido me hace moverme. Me tiro al piso y me escondo detrás de una piedra. ¿Debería subir o bajar? Mis palmas se deslizan sobre una piedra áspera. Mis uñas estás tan rotas, con astillas y grietas, que parecen garras rosas. Si me atacan, puedo hacer como los osos y rasguñar a alguien, si no me disparan primero.

Me meto en un escondite y me asomo. Por el camino, un paracaídas ha aterrizado. Una figura sin camisa y con falda escocesa camina rápido hacia la luz de las todoterrenos. Es Canyon.

—¡Vamos! —grita—. Han llegado los osos malvados.

Las balas se disparan y Canyon rueda y se apresura hacia la fila de todoterrenos. A mitad de camino, su grito se transforma en un rugido. Su cuerpo flacucho se vuelve una forma peluda que sigue corriendo. Las armas disparan una y otra vez. El hombre oso que es Canyon desaparece detrás de las luces de las todoterrenos y no puedo ver el resto. Hay rugidos y disparos y gritos aleatorios. Tomo con fuerza el celular de Darius y corro para salir de mi escondite. Si subo más, quizás pueda ver lo que sucede. Puede que haya asesinos cazándome, pero me siento mucho más segura con un montón de hombres oso a mi alrededor.

Hay un grito como de un avispón enojado y las balas golpean contra las rocas a mi alrededor.

Grito y me tiro colina abajo. Los asesinos me encontraron y no sé qué más hacer.

Los rugidos explotan en los arbustos a mi alrededor.

—Teddy, —lloro.

Y luego está aquí. Levantándome, cubriéndome con su cuerpo.

—Te tengo, bebé, —murmura.

Me zumban los oídos, pero las balas se han detenido. Presiono el rostro contra su hombro, sosteniéndolo con fuerza.

—Está bien. Ya terminó. —Me sostiene y me lleva colina abajo. El sonido de la batalla se ha detenido.

Un par de osos se mueven por el camino. Los restos rotos de una falda escocesa decoran la parte superior negra de una de las todoterrenos.

Dos helicópteros han aterrizado, el blanco junto a las todoterrenos, el negro más adelante en el camino.

Cuando pasamos el blanco, Bern se desliza para salir del asiento del piloto con los auriculares todavía puestos.

213

—La manada de lobos Black está de camino con Axel. Pueden ocuparse de la limpieza.

—Bien, —gruñe Teddy—. ¿Algún dron?

—Esta vez no, —responde Bern.

Teddy me baja en una piedra junto al camino y comienza a palparme.

—¿Estás herida?

—No, —murmuro. Me duele el corazón al verlo. Tan hermoso. Tan fuerte y capaz. Tan... no mío. Me hace querer llorar de vuelta.

Él me quita la grava de las rodillas y se preocupa por las lastimaduras de mis manos mientras me siento y disfruto de verlo.

—Lana, lo siento mucho. Lo arruiné, bebé. No quiero perderte. Me equivoqué tanto.

Mi corazón está confundido.

—Por favor, perdóname. Perderte fue el peor error de mi vida. Nunca debí haber considerado borrarte la mente. Sé que te lastimé, pero juro que nunca lo volveré a hacer. Jamás.

Me tiemblan los labios.

—Me lastimaste.

—Me asusté. Tenía miedo de que pondría a la montaña en peligro y a mi especie y no tuve para nada en cuenta lo que sé. —Me sostiene la mirada—. Que eres buena. Eres amable. Nunca nos lastimarías intencionalmente. Y sobre todo, que no puedo vivir sin ti.

Me quedo sin aliento en un instante.

—¿N-no puedes?

Él niega con la cabeza, sus ojos grises se lamentan por completo.

—Ni siquiera por una hora, bebé.

Pongo los brazos alrededor de su cuello.

—Tampoco puedo vivir una hora sin ti, —declaro.

Teddy me sostiene con fuerza, no puedo respirar y absorbo toda su pasión. Su fuerza. Su cuidado.

—¿Acabamos con todos? —Canyon sale de atrás de una todoterreno, completamente desnudo. Miro para otro lado.

—Ponte algo de ropa, —grita Teddy. Canyon voltea y vuelve de donde salió, riéndose.

—Todo bien por aquí, —Hutch llama desde algún lugar hacia la izquierda. —Teddy, querrás ver esto.

Teddy deja salir un sonido que es menos como un gruñido enojado y más no como un retumbe frustrado. Me toma en sus brazos y me lleva en dirección a la voz de Hutch. Es como si no estuviera dispuesto a estar lejos de mí por más de un segundo.

Hay una pila peluda junto al camino. Un Hutch sin camisa está arrodillado a su lado. El adolescente no debe haber tomado forma de oso o pensó en alguna forma de mantener intacta su falda escocesa porque la lleva puesta.

—Oh no, —exhalo asombrada—. ¿Ese es...?

—Darius, —confirma Teddy. Chillo y me cubro la boca con la mano. —Dijo que crearía una distracción. Deben haberle disparado múltiples veces. No me animo a preguntar si está muerto.

El cuerpo del oso se achica, el pelaje desaparece hasta que un vikingo alto está acostado en el piso.

Teddy me baja y camina hacia adelante. Se quita la chaqueta y la arroja sobre la ingle de Darius. Darius se despierta y se encorva para agarrar la chaqueta un segundo antes de que lo golpee.

—Cúbrete, —ordena Teddy.

—Te llevó bastante llegar aquí, maldito, —responde Darius—. ¿Qué estabas haciendo, llorando en la montaña mientras yo estaba dándolo todo para proteger a tu pareja?

Se me corta la respiración. ¿Teddy ha aceptado que soy su pareja?

—Así es. —Teddy me lleva a su lado—. Es mi pareja y no te olvides de eso.

Es mi pareja. Me acerco a él y me concentro en Darius.

—¿Estás bien?

Su piel pálida está manchada de sangre, pero no sé si es suya o de los asesinos. Su boca forma una sonrisa. Su barba luce más tupida de lo normal.

—Todo está bien, corazón.

Teddy voltea hacia mí para estar entre su gemelo y yo.

—Deja de coquetear con mi pareja.

—No lo hago, lo juro. —Se ríe Darius—. Me cae bien, ahora que la he conocido. Perdón por compararla con Tiffany antes. Sólo te estaba molestando.

—Eres un idiota, —dice Teddy.

—Sí, —suspira Darius, recostado sobre el techo como si estuviera exhausto—. Lo soy.

Luce tan patético que tengo que decir algo. Muevo la cabeza hacia Teddy.

—Le dispararon por mí. Creo que muchas veces.

—No es para tanto. —Darius mueve una mano. Mira hacia otro lado y grita—, Matthias, perdón por tu coche. Te compraré uno nuevo.

Un gran oso con pelaje marrón llega al lado del coche y se frena para examinar las puertas llenas de balas. El oso que debe ser Matthias de alguna forma sigue teniendo los lentes en la punta del hocico. Niega con la cabeza triste y se va caminando hacia la noche.

—¿Estás bien, Lana? —Pregunta Canyon cuando sale de atrás de una todoterreno. Ha fabricado algún tipo de tela cubre ingle de lo que parece ser la falda de Hutch.

—Sí, estoy bien. Gracias por el rescate.

—Teddy, —grita Bern—. ¿Puedes venir un minuto?

Teddy se mueve en dirección a la voz y porque estamos unidos por la cadera, yo también voy.

Detrás de las todoterrenos hay un montón de asesinos cautivos. Algunos están atados con mordazas en la boca. Otros están acostados en fila. Muertos o inconscientes, no quiero saberlo. Supongo que se lo merecen.

Un oso polar aparece arrastrando el cuerpo inerte de un asesino. Cuando pasa, Everest levanta una pata y la mueve para que señale el cielo. Juraría que nos está mostrando un pulgar hacia arriba.

Hutch y Canyon nos llevan a una todoterreno llena de armas apiladas junto a ella.

—Mira a quién encontramos, —Bern suena sombrío.

En el baúl de la todoterreno, mi hermanastro se endereza, prácticamente momificado con sogas. Hay un pedazo de cinta sobre su boca.

Inhalo.

—Dice que su nombre es Bentley Dupree y que nos dará lo que sea si lo dejamos ir, —reporta Hutch.

—Digo que lo dejemos empezar a correr y que los osos lo cacen. —La sonrisa de Canyon está llena de colmillos.

Bentley llora detrás de la mordaza de cinta. Su piel está blanca como un fantasma. Luce como si estuviera a doce segundos de desmayarse del miedo.

—Pero en serio, nos vio transformarnos, —dice Bern. — Los asesinos también. ¿Qué haremos?

Teddy da una señal y Hutch le arranca la cinta del rostro a Bentley.

Los ojos de Bentley casi se ponen en blanco.

—Osos... —chilla en un susurro rasposo. El blanco de sus ojos brilla mientras mira a su alrededor a mis hermanos —. ¡Osos! ¡Osos!

Sosteniéndole la mano a Teddy, camino hacia mi hermanastro y me acerco.

—Eso es, Bentley. Son osos malvados.

—Muy malvados, —dice Hutch, y Canyon agrega,

—Los peores.

Miro los ojos de Bentley y espero algún tipo de lástima o conexión. No hay nada. Nunca fue mi familia. Está la familia que encuentras y la que eliges, y la vida es demasiado corta para pasarla persiguiendo gente que no te trata cómo te mereces.

Doy un paso atrás hacia el círculo de los brazos de Teddy. Los hermanos Osos Malvados se cierran a nuestro alrededor, listos para protegerme de cualquier persona o cosa.

—Llévenlos con la sanguijuela y que les borren la mente, —ordena Teddy—. A todos.

—Entendido.

Los Tres Terribles entran en acción, levantan a Bentley y a los demás asesinos y se los llevan. Uno de los asesinos lucha y Everest lo levanta y lo arrastra hacia la camioneta, como una gata llevando a su gatito del cogote.

Matthias aparece luciendo prolijo y arreglado con vaqueros planchados y una camiseta que consiguió en algún lado. Probablemente de su baúl.

—Axel está de camino con la manada de lobos Black. Les dije que ya terminó la acción. Y le envié un mensaje a la sanguijuela de que esperara una multitud —Matthias me observa—. ¿Estás bien, Lana? Puedo llevarte, si todavía quieres ir.

—No, —gruñe Teddy.

—No, estoy bien. Mucho mejor. —Me duelen las piernas. Esa es una buena razón para acurrucarme contra el pecho de Teddy—. Quiero quedarme con Teddy.

Él me levanta y gruñe,

—No te perderé de vista.

—Muy bien, —asiente Matthias—. Puedo encargarme desde aquí.

—Bien, —Teddy me lleva más cerca—. Necesito llevar a mi pareja a casa.

Capítulo Quince

Lana

La adrenalina que queda me deja mareada, pero me despierto cuando Teddy abre la puerta de la cabaña de una patada. Mis brazos envuelven su cuello mientras me lleva como una novia a su cabaña.

—¿Es seguro aquí? —Miro alrededor. Se siente como si hubiera pasado una vida desde que me fui esta cabaña. El lugar ya se siente como casa.

—Es seguro. Basta de Bentley, basta de asesinos. —Teddy me baja sobre la cama y empieza a quitarme las botas de caminar. Me recuesto y me siento raspada y moreteada, pero tan feliz.

Teddy termina con mis botas y sigue un rasguño sobre mi gemelo.

—Bebé, lo siento tanto. Lo arruiné.

Me apoyo sobre los codos.

—Sólo abrázame. Y no vuelvas a hacer nunca.

—No lo haré. —Se sube a la cama pero duda. Estoy ansiosa por la parte de la noche en la que nos arranquemos la ropa, pero Teddy luce tan destruido que lo dejo hablar—. Desearía poder volver el tiempo atrás y borrar lo que dije.

—Lo hecho, hecho está. Basta de borrar cosas. —Tiro de él para que se acueste a mi lado, donde pertenece—. Estabas asustado. Está bien. Sólo dime que estás asustado la próxima y lidiaremos con eso. Juntos.

—Muy bien. —Toma mi mano y besa mi único nudillo no raspado—. ¿Me perdonarás?

—Ya te perdoné.

—Nunca debí haberte tratado así.

—Te sentiste afectado por tus recuerdos de Tiffany. Darius me contó todo acerca de eso.

—Maldito Darius. Yo debí contártelo.

—Está bien. Lo habrías hecho. En los últimos días, hemos pasado por mucho. Todo lo de los asesinos... nunca tuvimos una oportunidad para hablar.

—Sí. Hay mucho que necesito contarte.

Me preparo, pero toca mi rostro y me mira con una ternura increíble.

—Eres mi pareja, Lana. Eso significa que en todo el universo eres la única en el mundo para mí. Nunca debí haberte dejado ir, Lana, y nunca más lo haré. Estaré a tu lado por siempre.

—Bueno, —susurro—.

—Hay más. —Me abre la sudadera. Mi cuerpo se queda quieto, pero tiemblo por dentro mientras levanta con suavidad mis trenzas de mis hombros y las acomoda junto a mi rostro—. Ser mi pareja significa que estaremos juntos, por siempre, —dice—. Mi corazón te pertenece y te mostraré lo que significas para mí. —Él apoya su palma a un lado de mi cuello—. He hablado con mis amigos, los que tienen parejas humanas. Los transformistas tienen un instinto de

marcar a nuestras parejas. —Él acaricia mi hombro ligeramente con su pulgar—. Esta noche quiero marcarte. No
quiero perder más tiempo. Mi oso no quiere dejar dudas en
tu mente de que eres mía.

* * *

Teddy

Lana me mira a través de sus largas pestañas. Podría
pasar una eternidad mirando sus hermosos ojos marrones.

—Bueno. ¿Cómo funciona?

—Te muerdo y deja mi aroma embebido en tu piel para
que otros transformistas sepan que eres mía. Te dolerá, pero
intentaré ser gentil y la sanación será más rápida que con
una herida normal.

—Confío en ti, —susurra y casi me pone de rodillas.

—Eres perfecta para mí. Te marcaré, pero primero te
haré sentir bien.

—Mientras que no seas demasiado gentil. —Hay algo de
risa en su voz. Se levanta para traer su rostro cerca del mío.
Dejo que se choquen nuestros labios. La beso profundamente y dejo que mi lengua se pierna en su dulce boca. Que
busque, que saquee. Quiero que me sienta en todos lados.

Beso su mandíbula, junto a su cuello. Después de
quitarle la camiseta y la camisola, la pongo boca arriba y
dejo besos sobre la hinchazón de sus pechos.

—Mi mujer tan, tan hermosa, —murmuro.

—¿Lo soy?

—¿Hermosa? Claro que sí.

—Quiero decir tu mujer.

—Has sido mía desde el momento en el que sentí tu
aroma en el bosque. Fui demasiado estúpido para darme
cuenta hasta que casi fue muy tarde. —Aprieto uno de sus

senos y muevo la lengua por encima del pezón oscuro, provocándolo hasta ser una punta dura.

—Qué loco vikingo oso. —Sus uñas raspan mis hombros a través de mi camisa y me la arranco, quiero que ella marque mi piel.

Beso su barriga suave y desabrocho la falda de denim que hizo; mi genia talentosa y creativa. Una vez que se la quito, le saco las bragas con los dientes y luego separo bien sus rodillas para lamerla.

Ella grita ni bien mi lengua toca su centro; levanta la cadera para encontrar mi rostro. Sigo la forma de sus labios, separo la piel suave con mi lengua y luego la atravieso con ella. Empujo hacia atrás el capuchón de su clítoris y enrollo la lengua alrededor de la pequeña elevación hasta que se pone dura y se agranda para mí. Luego lo tiro gentilmente con mis labios para succionar al pequeño capullo.

—Teddy, —se queja.

Juro ganarme esos pequeños quejidos desesperados al menos tres veces al día hasta el día en que muramos. Juntos, por supuesto. Dormidos. Soñando con el otro.

Me tomo mi tiempo, haciendo círculos sobre su clítoris, golpeándolo, succionándolo hasta que se retuerce y gime y grita más. Sólo entonces me levanto, me quito los vaqueros y me subo encima de mi hermosa pareja.

—Tendré cuidado, —le digo. Estoy advirtiéndoselo a mi oso. Tenemos que tener cuidado con ella. Es humana. Si la muerdo demasiado profundo o en el lugar equivocado, podría hacerle daño realmente.

A Lana no le importa. Pone las piernas detrás de mi cadera y la baja para que encuentre la suya. Me ríe y alineo mi miembro con su entrada, froto mi cabeza contra sus flujos.

Está lista.

Más que lista.

Presiono contra ella y me sacudo con lo bien que se siente. La satisfacción de hacerlo con mi pareja, mi pareja *reconocida*, no tiene comparación.

—Bebé, te sientes tan bien, —gimo mientras me muevo dentro de ella con golpes lentos y deliberados.

Su cabeza se cae hacia atrás sobre la espalda.

—Tú también te sientes bien, Teddy. Me encanta lo grande que eres. Lo duro que te pones.

Aw, mierda. Ella hace imposible que me contenga. Pongo las manos a ambos lados de su cabeza y aumento la velocidad, golpeando contra ella con más fuerza, más ambición.

Quiero que dure por siempre, reclamar a mi pareja, pero también está la sensación desesperada de que literalmente moriré si no lo hago ahora.

Justo ahora.

Justo aho...

—Oh, el destino, —gruño, y mis bolas se tensan.

Lana mueve la cadera y puedo de repente hundirme aún más.

—¡Sí! —grita—. ¡Teddy, justo ahí!

Maldigo sin poder hacer nada más que darle en el mismo lugar que pidió. Necesito satisfacer a mi mujer. Necesito hacerla acabar como si mi vida dependiera de ello.

Supongo que así es.

—Lana, —digo ahogado, casi con fiebre ahora. Siento que el cambio vendrá pronto. Mis colmillos se alargan para marcarla. Mis ojos deben haber cambiado de color también.

—Oh por dios, Teddy. Teddy. ¡Teddy! —Lana grita y yo golpeo más, ambos acabamos al mismo tiempo. Sus músculos tensos aprietan mi pene y laten alrededor de mi largo mientras me descargo más y más dentro de ella.

Espero para marcarla, espero hasta que hayamos pasado la cresta del orgasmo y estemos del otro lado. Espero hasta que haya quedado inerte y esté gimiendo suave debajo de mí. Sólo entonces bajo la cabeza y hundo los dientes en la piel suave de su pecho. Muerdo la parte superior, donde se eleva para encontrarse con el hombro.

Ella se queda sin aliento, abre bien los ojos, sus manos sostienen mi cabeza.

Oh, Destino. Me golpearé mi propio rostro si esto fue traumático para ella. Con cuidado quito los dientes.

—Lo siento, bebé. Lo siento mucho. ¿Estás bien? —Paso la lengua sobre las heridas para limpiarlas y darle las propiedades curativas de mi saliva. No es potente, como la de un vampiro, pero ayudará.

—Guau. Em, no, estoy bien. ¿Me marcaste? Me mordiste un pecho.

Paso el pulgar sobre su mejilla suave.

—Así fue, bebé. Me encantan esos pechos. Quería ver mi marca allí cada vez que te desnudes.

Su risa se escucha fuerte.

—¿Ya soy tuya?

Mi oso ruge con satisfacción. *Mi pareja.*

Repito las palabras en voz alta para el beneficio de Lana.

—Por siempre, bebé. Los osos están en pareja toda la vida. Ya no hay vuelta atrás.

—Como si eso quisiera.

La casi catástrofe de borrarle la mente y el asesinato estuvieron demasiado cerca para que no tiemble ante la idea de perderla.

—Nunca más te dejaré ir. Nunca, nunca, —juro.

—Bueno, Vikingo. —Sus ojos se cierran, la marca y el sexo y la locura del día empiezan a pesarle.

Me acuesto a su lado y me acomodo alrededor de su cuerpo, cubriendo sus pechos con un brazo.

—Te amo.

—Mmm, —murmura dormida—. Yo también te amo, Oso Vikingo.

Epílogo

L*ana*
 —Sólo digo, —muestro las manos para acentuar mi punto—. Su oso es marrón claro y es enorme. Tan grande como Everest.

Teddy sonríe de la forma indulgente que tiene cuando estoy siendo ridícula y tierna.

—¿Qué quieres decir, bebé?

Miro alrededor. Teddy y yo estamos en el medio del bosque, llevando el cuatriciclo a la ciudad. No hay nadie alrededor, pero no me arriesgo y bajo la voz. —Matthias es un oso grolar.

—Qué teoría interesante. Sabes, podrías simplemente preguntarle.

—¡Lo hice! Sólo me miró, todo misterioso. Me dio vergüenza y comencé a hablar de la eficacia de los anticonceptivos humanos en las relaciones humano-transformista. Sabes, en caso de que tu esperma de hombre oso superpoderoso invada mi vientre, me saque el DIU y me embarace. Quiero estar lista.

Noto que Teddy no estaba esperando este tipo de

conversación. Su frente se arruga pero se mantiene notablemente tranquilo.

—¿Qué dijo?

—Dijo que hay muchos gemelos en tu familia. —Trago saliva. Por mucho que quiera un osito marrón tierno corriendo por nuestra cabaña y nuestro hogar en LA, esperaba una luna de miel sin niños. O tres.

—Cuando te embaraces, si son gemelos o trillizos o una combinación de ambos, lidiaremos con eso. Juntos. —Sigue maniobrando el cuatriciclo, pero toma mi mano y besa mis nudillos, justo por encima de mi anillo de compromiso de morganita.

Dejo que el calor se extienda por mi barriga y espero a que hayamos estacionado para decir,

—¿Entonces quieres niños conmigo?

—Ah sí. Algún día. —Encuentra un lugar en el estacionamiento y se acerca a mí—. Hasta entonces, daré lo mejor de mí para llenarte de mi esperma transformista super poderoso cada vez que pueda. Ya sabes, para practicar. —Sus dientes muerden mi oreja.

—Mmm. —Murmuro para mostrar que estoy de acuerdo.

—Pero primero, debemos entrar a esta reunión o Daisy no dejará de hablarme nunca.

Teddy me ayuda a bajarme del cuatriciclo. Tengo un atuendo de LA, un conjunto deportivo rosa perlado brillante con botas de taco haciendo juego. Teddy y yo acabamos de volar de regreso desde mi oficina central para asistir a la reunión del ayuntamiento. Su negocio de helicópteros ha resultado útil. Hasta que abra una oficina de DiosaIndumentaria cerca de la montaña Osos Malvados, soy la única clienta. No es fácil volar todo el tiempo por trabajo, pero tengo un nuevo Ceo que se encargará de DiosaIndumentaria en un par de meses y podré dar un paso al costado y empezar a planear nuestra boda. Él tenía dudas sobre planear la boda en absoluto, pero le he asegurado que será íntima, sin escándalos ni cámaras.

Todavía no le he contado sobre las faldas escocesas violetas.

—¡Lana! —Maisy me saluda mientras Teddy y yo entramos a la sala de reuniones. Camino rápido hacia ella y le doy un ligero abrazo con un beso doble en las mejillas.

—Mírate. —Doy un paso atrás para contemplar su atuendo—.

Un Lana Langmeyer original. Maisy hace una pose para lucir mi nueva creación, el vestido ajustado con escote que ha estado vendiéndose de forma descontrolada. Lo diseñé después de que Teddy me pusiera su marca en el pecho. Cuando me pongo el mío, el corte sobre mi amplio escote lo vuelve loco.

—El rosa te queda bien, —le digo.

—Así es. —Matthias se ha acercado a nuestro pequeño grupo. Mira a Maisy de arriba a abajo y asiente con aprobación. El rubor se expande por el pecho descubierto de Maisy y llega a su rostro.

—G-gracias. —Ella pone una mano en su cuello ahora rosado—. Yo... eh, debo irme... a ayuda a mi abuela. —Ella se apresura en irse y hago una nota mental de cargar a Matthias por coquetear con las mujeres de la ciudad más tarde.

—Bienvenidos. —Matthias se acerca para darme un beso en la mejilla—. Estamos al frente. Les guardamos un lugar.

Al frente de la habitación, Everest está parado como un acomodador, avecinándose sobre la fila de los Osos Malvados. Los trillizos están todos despatarrados. Axel luce como si estuviera dormido. Y en la otra punta, una figura familia con cabeza rubia y traje gris se sienta bien erguido con un maletín a los pies.

—¿Ese es Darius? —Pregunto mientras me acomodo entre Teddy y Matthias.

—Sí, —responde Matthias—. Está aquí para proponer otro proyecto de bienes raíces, creo.

Mientras esperamos que comience la reunión, me suena el celular y lo saco para ver las notificaciones.

—Mejor guarda eso, —me advierte Teddy—. O Daisy...

—Lo sé, lo sé. —Leo el mensaje de mi director financiero y contengo un chillido.

—¿Buenas noticias? —Pregunta Teddy. Puede leerme a la perfección.

—Excelentes noticias. —Apago el celular y lo guardo en el bolso—. Después te cuento.

Sobre el escenario, Daisy pone la reunión en orden.

—Todos, cálmense. —Maisy le pasa el martillo y lo golpea contra el podio—. Hoy nos reunimos en circunstancias muy diferentes. —Hace una pausa para asegurarse de que todos la estén mirando—. Me alegra anunciar el establecimiento de un fondo para la Montaña Osos Malvados, una organización sin fines de lucro dedicada a preservar la belleza y los lugares silvestres de la montaña. Desde esta mañana, el fondo ha recibido una donación de diez millones de dólares que podemos usar para saldar la deuda de la ciudad. —Otra pausa, pero Daisy se encuentra con silencio. Estamos todos sentados boquiabiertos. Las flores falsas de la vincha de la intendenta se mueven mientras asiente—. Me gustaría agradecerle al donante, que desea permanecer anónimo. Seguimos aceptando propuestas para nuevos desarrollos de viviendas, pero a la luz del nuevo fondo y de que no tenemos deuda, podemos tomarnos nuestro tiempo en elegir qué es mejor para la montaña. Gracias. —Ella golpea el martillo y, con la ayuda de Maisy, baja inestable del podio, dejando una habitación que zumba con sorpresa y alivio.

—¿Qué acaba de pasar? —Pregunta Hutch—.

—Tuvimos mucha suerte, —murmura Matthias—. Alguien con mucho dinero debe amar demasiado esta montaña.

—Es maravilloso, —trino, evitando la mirada punzante de Matthias. Se ha dado cuenta. Siempre está pensando dos o tres pasos adelante. Es eso o sus lentes le dan visión de rayos X. —¿Regresamos a la cabaña a celebrar?

Mientras nos levantamos, Darius se nos acerca con la mano extendida como si quisiera estrechármela. Teddy me lleva a su lado y Darius decide guardar la mano en su bolsillo.

—Felicitaciones.

—¿Qué dijiste? —Pregunta Teddy.

—¿No escuchaste? Hay un nuevo informe financiero de DiosaIndumentaria. Dejaré que Lana comparta las buenas noticias.

—Em, —digo, susurrando, aunque sé que todos los hombres oso a mi alrededor puede escucharme—. Mi empresa acaba de recibir una valoración de mil millones de dólares.

—Eso es genial, bebé, —murmura Teddy. No tiene idea de lo que significa.

—Eres dueña directa de la empresa, ¿verdad? —Pregunta Darius.

—Sí.

Teddy pestañea.

—Eso significa que...

—Soy billonaria. Técnicamente. No es que tenga el dinero en mis bolsillos.

—Mierda, qué asombroso, —dicen los Tres Terribles al unísono.

—Eso es genial —dice Matthias—. Bien hecho.

—Gracias, —susurro.

Teddy espera a que regresemos en el cuatriciclo y estemos en el bosque en una privacidad relativa para decirme,

—Eres la donante, ¿no?

—Sí. Bueno, técnicamente, el regalo vino del patrimonio de mis padres. Bentley lo firmó y todo.

Su personalidad ha cambiado mucho desde que le borraron la memoria. Por suerte fue para mejor. Por supuesto que no estoy segura de cómo podría haber empeorado su personalidad.

Teddy frena el cuatriciclo y voltea para tocar mi rostro.

—Te amo, bebé.

—Yo también te amo. —Mi respiración acaricia su rostro un segundo antes de que él reclame mi boca con un beso apasionado.

Un trío de aplausos fuertes nos hace separarnos de repente. Hutch, Bern y Canyon vienen a toda velocidad por el bosque. Entre los árboles, las sombras muestran las enormes formas de tanto un oso polar y pardo, o posiblemente grolar.

Los Tres Terribles golpean los costados del cuatriciclo, gritando y partiendo antes de salir disparados.

—Vamos, Lana, —dice Hutch—. ¡Haremos un pastel!

Teddy se aprieta la nariz.

—Amo a tu familia, —le digo.

Él suspira y arranca el cuatriciclo.

—Yo también. Pero despés del pastel, los echaré y te ataré a la cama.

—OMG, —susurro—.

No puedo esperar.

Libro Gratis - La virgin y el vampiro

Quiere un libro gratis de Renee Rose y Lee Savino? Suscríbete a su newsletter para recibir *La virgin y el vampiro* y otro contenido especialmente bonificado y noticias de nuevos. https://BookHip.com/XJPQQXK

Libro Gratis de Renee Rose

Quiere un libro gratis de Renee Rose? Suscríbete a mi newsletter para recibir **Padre de la mafia** y otro contenido especialmente bonificado y noticias de nuevos. https://BookHip.com/NCVKLK

Los hombres lobo de Wall Street

Un gran jefe malvado

Medianoche
por Renee Rose y Lee Savino

B ienvenidos a Wall Street, donde los hombres lobo te comerán como desayuno.

Capítulo uno

Madi

Harvard me quiere. Yale me aceptó. Hasta mi *alma mater*, Princeton, dice que me recibirá para posgrado. Pero seguir estudiando cuando mi hermano menor está considerando no hacerlo sería inadmisible, sobre todo cuando mis conexiones en Princeton pueden darme un trabajo en Wall Street en el que gane seis cifras y pueda pagar sus estudios.

El área de recepción de recursos humanos de MoonCo está repleta de jóvenes profesionales que parecen muy capaces y que estarían dispuestos a apuñalarme sin pensarlo.

Ya pasé unas cuantas pruebas escritas, que incluyeron el crucigrama del domingo de *New York Times*, que me llevó aproximadamente sesenta segundos completar ya que lo había resuelto en el viaje en subte hacia la ciudad.

Me vestí perfecto para la ocasión, con mi vestido azul favorito que guardo en la parte trasera del armario y haciéndolo más elegante junto con una chaqueta de traje cuando conseguí una entrevista en Wall Street, doce horas después de que llegara la carta de rechazo de mi hermano.

Estiro mi chaqueta de traje y me pongo derecha para dar una entrevista perfecta cuando llaman mi nombre. Los tacones altos que llevo me están matando, aunque para cualquiera que me mire los llevo como si estuviera en una pasarela mientras una asistente, que sin duda estudió en Harvard, me dirige a un salón de entrevistas en MoonCo.

—Madison Evans, ¿verdad? Soy Genevieve Small, vicepresidente de Recursos Humanos.

—Es un gusto conocerla, Señora Small —entro a la sala de conferencias.

—Sí.

Le doy un apretón de manos con la fuerza justa y tomo asiento. Trabajar en Wall Street no es el sueño de mi vida. Es más bien lo contrario. Así que puedo pavonearme por la sala de conferencias con el aire perfecto de confianza profesional y nada de los nervios que intentan disimular todos los que están allí afuera.

—Te acabas de graduar con honores de Princeton, —Genevieve mira el informe que le alcanza su secretaria.

—Sí.

No agrego nada más. Es parte de mi juego de poder.

Responderé preguntas, pero no intentaré venderme demasiado.

—Fuiste a Landhower.

Se refiere a la preparatoria de niños ricos a la que asistí. La que pude pagar sólo porque un *donante anónimo*, sin dudas mi padre anónimo, ofreció el dinero.

—Así es.

Ya lo sé porque hice la tarea, pero me da una ventaja para conseguir el trabajo. Es la forma en la que trabajan los ricos. Piensa que soy uno de ellos, parte de la elite exclusiva de Manhattan. No sabe que todos los niños y la mayoría de los profesores de Landhower me miraban con desdén porque sabían que no pertenecía. Puede que sea inteligente, pero nunca tendré su linaje. O al menos, no uno reconocido, gracias a mi querido padre abandónico.

Me encojo de hombros.

—Arriba los *Landsharks* —repito nuestro lema con una pequeña sonrisa para suavizar mi tono seco.

No es tonta. Sus ojos se estrechan mientras me analiza, como intentara entender si estoy siendo una imbécil o no. Hago que mi expresión sea un poco más agradable.

Necesito este trabajo.

Fácilmente podría ver a esta mujer como una de las chicas creídas de perlas con las que fui a la secundaria. Las que salían con jugadores de lacrosse y conducían convertibles rojos que sus padres les compraban. Las que miraban mal mi mochila desgastada y mis Converse y me hacían saber que estaban al tanto de que sólo iba a la escuela con ellas porque mi mamá trabaja allí como una simple empleada.

—El puesto para el que te estamos entrevistando es asistente del asistente ejecutivo. Es un trabajo de ritmo rápido y se necesita ser fuerte, inteligente y atento a los detalles. Sólo se te darán instrucciones una vez y se esperará que puedas deducir el resto por ti misma.

—Claro —finjo estar un poco aburrida.

Puede que tengas que viajar y hacer horas extra. Básicamente estarás disponible a toda hora. No es el tipo de puesto para alguien con obligaciones familiares o una vida personal ocupada, en realidad, ningún tipo de vida personal.

—No es un problema.

—Dime cómo te preparaste para esta entrevista.

La miro directo a los ojos.

—Busqué a cada miembro del equipo ejecutivo, empezando por el CEO, Brick Blackthroat, y terminando con usted. Busqué cualquier pista que pudiera decirme qué tipo de ambiente corporativo esperar, además de que cosas en común pudiéramos tener, como nuestra alma mater compartida.

Ella estrecha los ojos, como si de repente no estuviera segura de que de hecho fui a Landhower.

—¿Quién fue tu profesor favorito de Landhower?

—El Dr. Anderson, el profesor de lengua y entrenador de debate, —respondo con facilidad—. Él me enseñó a pensar por mí misma y a defender mis creencias, incluso cuando nadie estuviera de acuerdo conmigo.

—¿Y en Princeton?

—La Dra. Brown, de Sociología. Ella me enseñó a abordar problemas desde todos los ángulos.

—Ah, sí. Recibí un correo de voz de la Dra. Brown recomendándote para este puesto.

Anoche pedí ese favor. Justo después de prometerle a mi mamá que encontraría la forma de pagar la educación de Brayden.

Ella vuelve a mirar el archivo.

—Dice en tu aplicación que te admitieron a Harvard y a Yale para posgrado, pero que decidiste no ir. ¿A qué se debe?

—¿Honestamente? Mi hermano menor no consiguió la asistencia financiera que esperábamos y tengo que ayudarlo. Además, ya me aburría el estudio. Estoy lista para algo con más ritmo y desafíos, como Wall Street.

Ella levanta una ceja y me mira estudiándome, como intentara saber si digo la verdad.

La primera parte lo es. La segunda es lo que espero que quiera escuchar.

—¿Cómo lidias con los acosadores en el trabajo?

—Establezco límites claros y nunca me altero. No creo en pelear con ellos, sólo en evitarlos. Le muestro lo que considero una sonrisa pícara.

Ella no muestra nada.

—¿Cuánto es tres a la doceava potencia?

Hago un cálculo mental rápido.

—Bueno, tres a la doceava potencia se podría reducir a tres a la cuarta potencia elevado a la tercera. Así que tres a la cuarta potencia es ochenta y uno. Ochenta y uno al cubo es, eh... ochenta al cuadrado más ochenta, más ochenta y uno, lo que da... 6561. Y luego tendría que multiplicar ese número por ochenta y uno. Agh. ¿Quiere un número exacto o un estimativo?

—Continúa.

—Bien... Lo separaría en 6560 más uno por 80 más uno, así que tendría 6560 por ochenta, más 6560 más ochenta más uno. Entonces, 656 por ocho es, eh... 5248, luego agrego dos ceros y ahora sumo 6560 y 80, más 1. Obtengo, em, 531.441. —Exhalo—. Pero probablemente sólo utilizaría una calculadora. Junto las rodillas, esperando que me pida calcular el número de ventanas en Nueva York o algún problema descabellado de pensamiento crítico, pero parece satisfecha.

—Si obtienes el puesto, entiendes que empezarías mañana por la mañana, ¿correcto?

—Sí. —Asiento—. Eso me dijeron cuando me llamaron para la entrevista. Empezar mañana no es problema.

—Bien. —Se pone de pie, lo que me indica que la entrevista terminó.

—¿Me llamará para avisarme?

Ella mira rápido el teléfono.

—Para la medianoche.

—Medianoche Claro. Disponible a toda hora. Entendido.

—Seré honesta contigo; aunque la descripción del trabajo suene a que está por debajo de tu coeficiente, este es el puesto más difícil de contratar.

—¿Es un ejecutivo exigente? —Pregunto con tranquilidad.

—Muy.

Veo en ella un destello de humanidad, como si nos uniéramos sobre lo idiota que es su jefe. Me pregunto si el puesto es para el hermoso pero reconocidamente cruel Brick Blackthroat, el CEO.

Bueno, he lidiado con muchos imbéciles. Por Brayden, soportaré cualquier tipo de maltrato. Merece la misma oportunidad que tuve de tener una educación.

—Todavía no logro contratar un asistente que dura más de tres meses.

—Estoy lista para el desafío, —afirmo.

—Créeme, —se pone de pie y me da un apretón de manos ligero— no lo estás.

* * *

243

Brick

La vista desde la suite ejecutiva de Moon Co. haría que un hombre más débil, humano, se sintiera mareado. El edificio es tan alto que se balancea con el viento. Pero ese es el precio de probar el aire exótico y de tener todo Lower Manhattan a tus pies.

Aquí arriba es fácil olvidar que eres mortal. Aquí arriba es fácil olvidar sentirse como un dios.

Una sombra cae sobre el vidrio cuando Billy, mi segundo al mando, se sienta a mi lado.

—Ya casi llegamos, —dice en voz baja. Sé que se refiere al voto que hicimos hace años, en nuestro dormitorio de la universidad, el peor día de mi vida. El día en que a mi padre lo asesinaron y nuestro enemigos destruyeron todo lo que había creado.

—Ya casi, —gruño. Ambos miramos fijo al edificio que tenemos en frente. Nuestro enemigos lo alzaron para provocarnos.

—Estamos cerca. —Apoya su mano en mi hombro—. Los Aduwulfs no sabrán qué sucedió.

Volteo y me siento en la cabecera de la mesa de conferencias. Billy va hacia la puerta para abrirla y mostrar que la reunión está por comenzar. El resto del equipo ejecutivo empieza a entrar.

Y entonces me golpea. Un aroma dulce, brillante y cítrico pero complejo como la nuez moscada. Me hace agua la boca.

En la punta de la lengua tengo ganas de maldecir y reprender a alguien. Los perfumes y las colonias de cualquier tipo están prohibidas en las instalaciones. Está claro en el manual de empleados, prácticamente en la primera página. Billy disfruta mucho despedir a nuevos empleados que lo olvidan.

Pero no es perfume. Es el aroma natural de alguien. ¿Pero de quién?

Allí, junto al ascensor.

Una chica nueva.

El viernes despedí a mi secretaria, lo que significa que su asistente, Indira, subió de puesto y hay una nueva graduada universitaria emocionada por ocupar su lugar.

Una joven analiza con tranquilidad el piso superior. No es diferente de cualquier otra secretaria. Joven, profesional. Tiene el cabello en un corte bob corto, castaño oscuro y un labial bien rojo.

Pero su aroma... Pasa por mis fosas nasales y saboreo el gusto.

Nuez moscada y naranjas. Tal vez un indicio de algo exótico, como incienso.

—¿Quién es?

Billy se deja caer en su silla y se reclina, balanceándose en las patas traseras, una muestra de fuerza que ningún humano podría lograr. Cuando lo miro de mala manera, deja que la silla caiga sobre las cuatro patas con un golpe.

—¿La nueva secretaria de tu secretaria?

Estaba allí cuando despedí a la anterior el viernes. Cambio de asistentes como Billy de parejas casuales.

—Debe serlo.

—¿Quieres que la llame? —pregunta.

—Sí.

Normalmente diría que no. Normalmente no le dirigiría la palabra hasta querer algo. Pero tengo que analizar este aroma de cerca.

Billy mira a Indira y señala a la Chica Nueva. Él hace una seña de llamarla, como si lo irritara que Indira no hubiera entrado ya a presentarla. Casi tiene tanto talento como yo en hacer que los empleados se sobresalten y tiemblen de miedo.

Pero la Chica Nueva no parece tener miedo. La observo mientras sigue a Indira. Ni bien puedo olerla plenamente, quiero lamerla de pies a clítoris.

Una reacción extraña ante una humana.

Ni siquiera es agradable a la vista. Quiero decir, es linda, pero no tiene nada suave ni complaciente. Hay algo en la forma en que lleva su cuello, levanta el mentón, en cómo no se estremece cuando la miro de mala manera, que la hace parecer que lleva una medalla. Con diez años más, parecería del tipo ejecutiva poderosa. Una potencia de mujer, nacida para dominar cualquier oficina. Contrato a un par de mujeres como ella. Debes ser fuerte para ser exitoso aquí.

Ella también me analiza; de alguna forma logra parecer respetuosa y abierta, pero sin nada de miedo aunque sea su primer día aquí.

Parte de mí quiere humillarla desde el comienzo. Sobre todo porque escuché que le murmuró a Indira, «Entonces ese es el Gran Jefe Malvado» antes de que entraran. Por supuesto, no podía saber que su conversación no estaba fuera de mi campo de audición en este piso.

Entre más se acerca, más se infiltra su aroma en mis sentidos. Es demasiado agradable como para que quiera atacar. Dios, ¿se me está poniendo duro el pene?

Me pongo de pie.

—¿Eres?

—Sr. Blackthroat, ella es... —comienza a decir Indira.

—Madison Evans.

La Chica Nueva me ofrece la mano para que la estreche, diciendo su nombre al mismo tiempo que Indira. Me sostiene la mirada todo el tiempo. No es desafiante, sólo atenta. Me está analizando Quiero encontrar algo que criticar, pero no lo logro. Tiene la mezcla justa de confianza y humildad. No es demasiado arrogante, ni tímida. Hay algo demasiado atractivo acerca de su forma de ser.

Ya la detesto. Acepto su apretón de manos. Su piel es suave. Por alguna razón, mis pensamientos van al hecho de que su aroma ahora estará en mi palma. No es que vaya a volver a olerlo más tarde.

—Me dicen Madi.

—Te llamaré Madison *si* recuerdo tu nombre. Esperaré que respondas a Secretaria, Asistente, Chica Nueva o lo que sea que te grite en el momento —le suelto la mano.

Lejos de estar sorprendida, veo algo de diversión en su expresión.

—Responderé a todos esos llamados, —me asegura inclinando la cabeza.

—Bien. Ahora toma nuestras órdenes de café —muevo una ceja como si ya tuviera que haber sabido hacer esto aunque sea su primer día. A Indira le digo—, ¿dónde está los informes financieros?

* * *

Odio a mi jefe.

El magnate de Wall Street es un imbécil. Es un alfatúpido de primera clase.

Demasiado apuesto, pero horriblemente fallado.

El tipo de hombre que nunca puedes satisfacer ni con una navaja

ni todo el poder ni el dinero del mundo.

Fui a la escuela con cretinos como él, así que no tengo miedo.

Lo que me asusta es mi atracción por el tipo. Lo mucho que disfruto pelear con él.

Las humillaciones verbales. Su expresión inescrutable luego.

Él es peligro revestido de poder

y se está haciendo más y más difícil de resistir.

Odio a mi nueva asistente.

Las he odiado a todas, pero este es otro tipo de odio. Uno tortuoso.

Ella es realmente inteligente, capaz y responde.

Y la pequeña humana huele a tentación. Del peor tipo.

Se viste para matar y estoy en peligro de muerte.

Uno de estos días, me llevará al límite.

Y no está para nada lista para lo que sucede

cuando le sacas la correa a un lobo alfa en su cantera.

Medianoche es el libro uno de la trilogía *Gran Jefe Malvado*. El protagonista es un jefe cretino millonario y su asistente realmente brillante.

Un gran jefe malvado: Medianoche

Otros Libros de Renee Rose

Alfas peligrosos

La tentación del alfa

El peligro del alfa

El premio del alfa

El reto del alfa

La obsesión del alfa

El deseo del alfa

La Guerra del alfa

La Misión del alfa

El tormento del alfa

El secreto de alfa

La presa del alfa

La sangre del alfa

El sol del alfa

La luna del alfa

El juramento del alfa

La venganza del alfa

El fuego del alfa

El rescate del alfa

Hombres lobo de Wall Street

Un Gran Jefe Malvado: Medianoche

Un Gran Jefe Malvado: Lunático

Un Gran Jefe Malvado: Marcada

Alfa de Montaña

Héroe

Rebelde

Guerrero

Otros libros de Lee Savino

La venganza del alfa

La virgen y el vampiro

Acerca de Renee Rose

¡RENEE ROSE ES DE LAS MEJOR VENDIDAS EN USA TODAY y le gusta un héroe alfa dominante y que hable sucio! Ha vendido más de medio millón de copias de romances apasionados con diferentes niveles de fetiches. Sus libros han aparecido en *Happily Ever After* de USA Today y en *Popsugar*. Nombrada como la Próxima mejor autora erótica de Eroticon USA en 2013, también ha ganado el título de Autora favorita de ciencia ficción y antologías de *Spunky and Sassy*, el Mejor romance histórico de *The Romance Reviews,* y ha llegado a la lista de USA Today diez veces con sus series de Alfas peligrosos, La Bratva de Chicago y Rancho de lobos.

¡A Renee le encanta conectarse con sus lectores!
www.reneeroseromance.com
reneeroseauthor@gmail.com

**Suscríbete a mi newsletter para recibir contenido especialmente bonificado y noticias de nuevos lanzamientos en Español.
https://www.subscribepage.com/reneerose_es

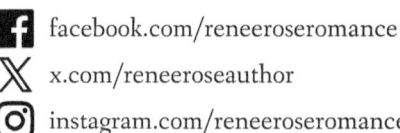

facebook.com/reneeroseromance
x.com/reneeroseauthor
instagram.com/reneeroseromance

Acerca de Lee Savino

Lee Savino es una de las autoras más vendidas de USA Today, autora, mamá y adicta al chocolate.

Advertencia: No leas su serie Berserker o te volverás adicto a sus guerreros enormes y dominantes que no se detendrán ante nada para reclamar a sus parejas.

Repito: No. Leas. Su. Saga Berserker.

Descarga un libro gratuito de Lee Savino de www.leesa vino.com (tampoco lo leas. Demasiado amor ardiente y sensual).

Puedes conectar con ella en su sitio web, su grupo de lectores, y sus redes sociales.